Klarant Verlag

Rolf Uliczka ist geboren und aufgewachsen am Rande der romantischen Holsteinischen Schweiz und lebt mit seiner Frau seit einigen Jahren im Saterland. Menschen in all ihren Facetten und ihre Geschichten haben ihn schon immer fasziniert. Auch das Schreiben war und ist eine seiner größten Leidenschaften. Ostfriesland, das Land der Leuchttürme, des Wattenmeeres, der grünen Landschaften mit seinen geheimnisvollen Mooren und Inseln, wo jährlich Millionen ihren Urlaub verbringen, bietet ihm viel Stoff für das Unerwartete. Genau das macht auch die Spannung seiner Ostfrieslandkrimis aus.

Rolf Uliczka

Hafenmord in Carolinensiel

Die Kommissare Bert Linnig und Nina Jürgens ermitteln: 1. Fall

Ostfrieslandkrimi

Klarant Verlag

Copyright © 2018 Klarant GmbH, 28355 Bremen
Klarant Verlag, www.klarant.de – www.ostfrieslandkrimi.de
ISBN: 978-3-95573-798-6
1. Auflage 2018
Umschlagabbildung: Klarant Verlag
Ähnlichkeiten in dem Ostfrieslandkrimi „Hafenmord" mit real
existierenden Personen sind rein zufällig und nicht beabsichtigt. Die
Handlung und die Personen des Ostfrieslandkrimis „Hafenmord in
Carolinensiel" sind natürlich Fiktion. Allerdings gibt es die Kultkneipe
Zur Stechuhr tatsächlich in Carolinensiel und Nancy Bläsing stand dort
zu der Zeit, in der die Geschichte spielt, auch real als Wirtin hinter der
Theke. Ebenso hält die Fußballschule Bernard Dietz, gegründet vom
ehemaligen Nationalspieler, Europameister und Kapitän der deutschen
Nationalelf, Bernard Dietz, beim örtlichen Fußballverein, TSV Jahn
Carolinensiel, der hier als VfB Carolinensiel fiktiv in die Geschichte
eingebunden ist, jährlich ein Trainingscamp für den Fußballnachwuchs
ab. An dieser Stelle sei den Genannten ganz herzlich gedankt, dass sie
in dem Krimi mitgespielt haben!

Printed in the EU.

Kapitel 1

Den Abend hatte sich Torsten Oltmann ganz anders vorgestellt. Statt mit seiner hübschen Frau Wibke auf der Couch zu kuscheln, saß er hier alleine bei einem Bier und Korn an der Theke in der Kultkneipe Zur Stechuhr im Museumshafen von Carolinensiel.

Es war überhaupt nicht sein Tag gewesen. Erst heute Morgen der Anruf seines Vaters wegen des blöden Kratzers mit Beule am neuen Firmenwagen. Den hatte ihm wohl gestern irgend so ein Idiot vor dem DRK-Kurzentrum verpasst. Er hatte am Rondell vor dem Eingang geparkt, während er mit einem Mitarbeiter die routinemäßigen Wartungsarbeiten an der Heizungsanlage des Kurzentrums durchführte. Für solche wichtigen Kunden wie das DRK-Kurzentrum übernahm er als Juniorchef die Wartung der Heizungsanlage gerne selbst. Und natürlich hatte sich niemand gemeldet. Es hatte wohl auch keiner der anderen Kurgäste irgendetwas gesehen, wie eine Nachfrage im Kurzentrum ergeben hatte.

Dann dieser blöde Streit mit Wibke, der damit geendet hatte, dass sie mal wieder gemeint hatte, bei ihrer Mutter übernachten zu müssen. Torsten Oltmann musste seinen Frust erst einmal mit ein paar Bier und Korn runterkippen.

„Ich brauch dringend noch ein Pils und einen Korn, Nancy."

„Sollst du wohl haben", erwiderte Nancy Bläsing, die Wirtin der Kultkneipe *Zur Stechuhr der Könige*.

„Ich hab ja so viel Pils und Korn, dass ich das sogar verkaufen muss", versuchte sie ihn wieder aufzumuntern, als sie ihm die Getränke hinstellte.

Aber Torsten war nicht zum Scherzen zumute. Und ausgerechnet heute war kein Kumpel da. Die waren an diesem Samstag alle bei Jan Grube, einem Ehrenmitglied des VfB Carolinensiel, der heute seinen fünfundsiebzigsten Geburtstag feierte. Torsten hatte wegen einer Grundstücksstreitigkeit im letzten Jahr einen Gerichtsprozess gegen Jan gewonnen. Seitdem war Jan nicht mehr gut auf ihn zu sprechen.

An zwei Tischen saßen nur ein paar Kurgäste bei einem Nordsee Pilsener oder Altbier. Und Torsten hockte nun mit seinem Frust und seinen Gedanken alleine an der Theke. Nancy war eine erfahrene Wirtin und hatte längst erkannt, den lässt man jetzt am besten erst mal mit sich selbst ins Reine kommen.

Gott sei Dank passierte es zwischen ihm und Wibke ja nicht so oft, dass es derart eskalierte wie heute, ging es ihm durch den Kopf. Aber der Auslöser war dann jedes Mal Wibkes Eifersucht. Obwohl er ihr, abgesehen vielleicht mal von ein paar harmlosen Flirts, in ihrer fast zwölfjährigen Ehe immer treu gewesen war.

Mit ihren Verdächtigungen schien sie in ihrer Mutter eine echte Verbündete zu haben. Und manchmal war es ihm schon so vorgekommen, als wenn das von seiner Schwiegermutter auch geradezu geschürt wurde. Eigentlich konnte er sie sogar ganz gut leiden. Aber sie hatte ihn mal, einige Monate vor seiner Hochzeit mit Wibke, gesehen, wie er sich von Kirsten, einer alten Freundin von ihm, mit einem flüchtigen Kuss verabschiedet hatte.

Da hatte seine Schwiegermutter damals vielleicht ein Drama draus gemacht. Sogar die Verlobung mit Wibke hatte sie auflösen wollen. Dabei war mit Kirsten, der Vorvorgängerin von Wibke, wirklich nichts gewesen. Und der Abschiedskuss hatte überhaupt keine Bedeutung gehabt, mehr oder weniger nur alte Gewohnheit. Schließlich war er mit Kirsten ja damals auch gut zwei Jahre zusammen gewesen und nicht im Streit mit ihr auseinandergegangen.

Sogar Wibke, die mit Kirsten zur Schule gegangen war und von der alten Freundschaft wusste, hatte das damals auch gar nicht so tragisch genommen und zu ihm gestanden. Aber Wibkes Mutter, so lieb und nett sie sonst auch sein konnte, schien ihm das wohl bis heute noch nachzutragen.

Im Laufe ihrer Ehe waren dann inzwischen sogar schon Gespräche, die er als Trainer der E-Jugend beim VfB – manchmal eben auch mit Müttern – führen musste, zum Problem geworden. Jedes Mal, wenn Wibke ihn etwas länger allein mit einer Mutter sprechen sah, kam sie entweder dazu oder es konnte später zu Hause zu einer dieser Szenen eskalieren. Und so war es nicht das erste Mal, dass Wibke dann danach bei ihrer Mutter übernachtete.

Torsten hatte bei solchen Auseinandersetzungen mit seiner Frau schon öfter das Gefühl gehabt, dass da von Ferne noch jemand aus dem Hintergrund mitdiskutierte, ohne selbst in Erscheinung zu treten. Seine Schwiegermutter! Irgendwann war ihm auch schon mal der Verdacht gekommen, dass das alles nur ein Vorwand für sie war, weil er ihr schließlich die einzige Tochter weggenommen hatte. Und dass sie deswegen die Eifersucht ihrer Tochter ganz bewusst sogar noch schürte.

Dabei liebte er seine Wibke doch noch immer über alles. Diese hübsche und sympathische junge Frau und Mutter seines zehnjährigen Sohnes Ole. Ein aufgeweckter und sportbegeisterter Junge, auf den sie beide so stolz waren. Wibke war mit ihren strahlend blauen Augen in dem leicht gebräunten, hübsch geschnittenen Gesicht, ihrem gewinnenden Lächeln, ihrem natürlichen Charme und ihrem selbstbewussten, aber dennoch bescheidenen und stets hilfsbereiten Auftreten in ihrem Freundeskreis und auch im Verein sehr beliebt.

Auch als Erzieherin im städtischen Kindergarten mochten sie die Kinder und auch ihre Kolleginnen sehr. Sie konnte so tolle Geschichten erzählen, von denen sie die meisten selbst erfunden hatte. Von Kobolden und Klabautermännern, die ihr Unwesen auf manchen Plattbodenschiffen und Fischerbooten trieben und schon so manchem Fischer den Fang vermiest hatten. Die Kinder klebten dann geradezu an ihren Lippen. Und am Schluss fand doch immer wieder alles bei ihr ein gutes Ende. Der Klabautermann wurde wieder in seiner Kiste eingesperrt, die Kobolde brachten mit ihren Späßen und ihrem

Schabernack die Kinder zum Lachen, und die Fischer kamen schließlich doch noch mit gutem Fang nach Hause.

Bei allen Freunden und Bekannten galten Wibke und Torsten sogar als Bilderbuchpaar. Und mancher gut beleibte Kurgast hatte ihnen sicher am Strand schon neidvoll nachgeblickt. Beide – als sehr aktive Mitglieder beim VfB – sportlich gut trainiert. Wobei Wibke für Männer genauso ein Hingucker war wie ihr Mann für Frauen. Was Wibke natürlich auch von Anfang an bewusst gewesen war und vielleicht letztlich auch mit zu ihrer Eifersucht beigetragen hatte.

Ihm gefiel es, wenn sie beim gemeinsamen Jogging ihre halblangen blonden Haare zu einem Pferdeschwanz zusammengebunden hatte und dieser lustig bei jedem Schritt auf und ab wippte. Dabei hatte sie noch nicht einmal Probleme, sein Lauftempo mitzuhalten. Eigentlich passte doch alles bei ihnen, warum dann immer wieder diese unnützen Eifersuchtsszenen, stellte Torsten sich die Frage. Zumal sonst alles bei ihnen sogar ausgesprochen harmonisch ablief.

Aber er fand auch heute keine abschließende Antwort. Inzwischen war er schon bei seinem dritten Bier mit Korn angekommen. So allein wollte es ihm aber einfach nicht so recht schmecken. Und mittlerweile war es schon nach einundzwanzig Uhr. Da könnten doch mal wenigstens ein paar Kumpels auftauchen, denen es auf der Geburtstagsfeier bei Jan vielleicht doch zu langweilig geworden war. Ja, aber so ist die Welt, wenn man mal jemanden braucht, und sei es nur für einen Klönschnack, dann ist keiner da!

Eben hatte er sein viertes Bier mit Korn bestellt, als die Tür aufging und Katja Schmitz hereinkam. Katja war die Mutter von Karsten, einem Jungen aus der E-Jugend. Die Familie Schmitz war erst vor gut einem halben Jahr nach Carolinensiel gezogen. Soweit Torsten wusste, kamen die Schmitz aus Kerpen bei Köln. Gerd Schmitz fuhr als Fernfahrer für eine Spedition aus Wilhelmshaven.

Der kleine Karsten, ein ausgesprochenes Fußballtalent, hatte sich als eine echte Bereicherung für den VfB herausgestellt.

Trotz seines Alters von erst zehn Jahren war er bereits ein sehr treffsicherer Torschütze und ein von den Gegnern gefürchteter Stürmer. Wodurch die E-Jugend des Vereins im letzten halben Jahr schon so manchen Sieg hatte verbuchen können.

Torsten hätte den Jungen gerne entsprechend gefördert. Daher stand ein Gespräch mit den Eltern bei ihm bereits für die nächste Woche auf der Agenda. Er wollte Karsten nämlich beim nächsten Trainingscamp der Fußballschule Dietz, gegründet vom ehemaligen Nationalspieler Bernard Dietz, dabeihaben. Einmal im Jahr zu Pfingsten wurde ein dreitägiges Förderprogramm für den Fußballnachwuchs beim VfB Carolinensiel durchgeführt. Dazu brauchte er aber das Einverständnis und die Anmeldung von den Eltern.

Aber jetzt in diesem Augenblick trieb ihm der Anblick von Katja Schmitz den Adrenalinspiegel nach oben. Dabei war Katja noch nicht einmal das, was man als potenzielle Schönheitskönigin bezeichnen würde. Aber sie hatte das gewisse Etwas. Ihre schwarze Kurzhaarfrisur mit den flammend rot gefärbten Spitzen und Strähnen gab ihr auf nette Art etwas Freches und Herausforderndes. Und ihr spitzbübisches, ja fast schon etwas hintergründiges Lächeln versprühte einen eigentümlichen Charme, der seine Wirkung auf das männliche Geschlecht nur selten verfehlte.

Während die meisten Frauen es ja eher verabscheuen, wenn die Blicke von Männern sie nur auf bestimmte weibliche Attribute reduzieren, schien Katja das geradezu zu genießen und sogar noch herauszufordern. Und sie war sich dabei ihrer sehr ansprechend proportionierten Weiblichkeit und ihrer Wirkung auf Männer absolut bewusst.

Auch zwei andere Männer an den Tischen hatten einen längeren Blick auf Katja geworfen, als ihren Begleiterinnen eigentlich hätte recht sein können.

„Mensch Katja, was treibt dich denn um diese Zeit hierher? Hast du kein Zuhause?"

„Die Fleppen. Meine Hülsen zum Stopfen sind ausgegangen. Ja und heute ist das fast schon zum Abenteuer geworden, wenn du nach Geschäftsschluss und dann noch außerhalb der Saison hier im Norden Zigaretten brauchst."

„Dagegen kenn ich ein gutes Mittel …"

„Ja, ja, den Spruch kannst du dir sparen. Den kenn ich auswendig, man kann doch einfach aufhören."

„Ja, genau, und stattdessen Sport. Mensch, unser Verein bietet doch dafür so viele Möglichkeiten. Vielleicht hast du ja auch so viel Talent wie dein Karsten. Über den wollte ich sowieso noch mal mit dir und deinem Mann reden. Es gibt für besondere Talente bestimmte Förderprogramme und da möchte ich ihn gerne reinbringen."

„Das Talent hat Karsten wohl von Gerd geerbt. Für mich hat schon in der Schule gegolten, Sport ist Mord. Damit hatte ich absolut nichts am Hut. Jedenfalls für den Sport, den du jetzt wahrscheinlich gerade angesprochen hast", schob Katja dann noch frech grinsend hinterher.

Der Adrenalinspiegel meldete sich bei Torsten mit Macht zurück. Er hatte Katja ganz genau verstanden und es lief ihm siedend heiß den Rücken herunter. Und so war er heilfroh, als Nancy sich in ihr Gespräch einmischte.

„Darf's etwas sein, Katja?"

„Ach, wenn du mich so fragst. Ja, ein Altbier wäre nicht schlecht. Obwohl ich mir eigentlich nur ein paar Zigaretten ziehen wollte."

„Das Bier geht auf meine Rechnung", fügte Torsten noch hinzu. „Ist Karsten denn jetzt allein zu Hause?" Torsten wusste gar nicht, warum er eigentlich gerade jetzt diese Frage stellte.

„Nö", erwiderte Katja, „der ist zum Geburtstag von Kai Drees und da übernachtet er auch, genau wie dein Ole. Und Gerd hat sich gestern Morgen aus Italien gemeldet. Da wartet heute zu Hause niemand auf mich, wenn du das wissen wolltest."

Torsten spürte, wie es ihm die Röte ins Gesicht trieb. Gott sei Dank kam ihm auch jetzt wieder Nancy mit dem Bier zur Hilfe. „Sehr zum Wohl, ihr zwei, lasst es euch schmecken."

„Also, das mit der Förderung für Karsten, das musst du mir mal genauer erklären. Das überlässt Gerd sowieso alles mir.

Der ist schließlich manchmal vierzehn Tage bis drei Wochen am Stück irgendwo im Ausland unterwegs und kann sich dann um solche Sachen gar nicht kümmern."

Das war nun eigentlich ein Gespräch, das Torsten am liebsten von Mann zu Mann geführt hätte. Zumal er bei Katja, nach ihren Äußerungen über ihre Einstellung zum Sport, nicht sonderlich viel Sachverstand in dieser Hinsicht voraussetzte.

Außerdem hatte er bisher auch noch nicht sehr viel mit ihr persönlich gesprochen, weder bei den Trainings noch bei den Spielen. Na ja, da war er als Trainer gefordert und hatte zumeist zu wenig Zeit für lange Gespräche mit der Mutter eines Jungen. Und dann gab es da ja noch die Eifersucht seiner Ehefrau. Und gerade Katja wurde von den anderen Frauen im Verein kritisch beobachtet. Obwohl sie mit ihrem Charme und vor allem auch ihrer Hilfsbereitschaft schon die eine oder andere Frau im Verein hatte für sich gewinnen können.

Aber bestimmt hätte Wibke wieder eine Szene gemacht, wenn er gerade mit Katja ein längeres Gespräch geführt hätte.

In Bezug auf die Fußballkenntnisse von Katja hatte er sich aber gewaltig geirrt. Wenn es um die Förderung ihres Jungen ging, waren die Aufmerksamkeit und das Interesse bei Katja auf mindestens hundertfünfzig Prozent! Und Torsten sah sich auf einmal mit sogar sehr fachkompetenten Fragen konfrontiert. Sie wusste nämlich sehr genau über das Talent ihres Jungen Bescheid. Schließlich brachte sie ihn bereits seit Jahren zu jedem Training und war auch zu den meisten Spielen mitgefahren. Auch wenn sie selbst erklärtermaßen kein Interesse am aktiven Sport hatte, musste man ihr beim Fußball noch nicht einmal die berühmten Abseitsregeln erklären. Damit und mit vielen anderen Fußballregeln kannte sie sich ganz genau aus. Und sie sah sofort, wenn der Schiedsrichter ein Foul übersehen oder eine Fehlentscheidung getroffen hatte. Das ließ sie auf dem Platz dann auch lauthals raus. Zumindest, wenn es ihren Karsten oder einen seiner Vereinskollegen betraf.

Die beiden auf den Barhockern an der Theke waren so in ihrem Gespräch vertieft gewesen, dass sie noch nicht einmal mitbekommen hatten, dass inzwischen die anderen Gäste längst schon die Gaststätte verlassen hatten. Allerdings hatte Torsten, nur aus Solidarität, Katja inzwischen mindestens dreimal zum Rauchen nach draußen begleitet.

Nancy hatte noch einiges an der Theke und im Lokal zu tun gehabt und hätte jetzt eigentlich am liebsten zugemacht, zumal keine Saison war und sie daher kaum noch mit weiteren Gästen rechnen konnte.

Torsten schien ihre Gedanken erraten zu haben. „Mein Gott, es ist ja schon fast dreiundzwanzig Uhr. Tut mir leid, Nancy, nur für unsere zwei bis drei Bier brauchst du dir nicht noch länger die Zeit um die Ohren schlagen. Bier und Korn habe ich auch noch genug zu Hause. Da kann ich meinen Frust von heute auch alleine vor dem Fernseher runterspülen."

Nachdem beide bezahlt und Katja sich noch ein weiteres Päckchen Zigaretten gezogen hatte, machten sie sich zu Fuß auf den Weg. Torsten nahm dabei einen kleinen Umweg in Kauf, um Katja noch bis vor die Haustür zu bringen. Schließlich war es doch reichlich spät geworden und so gut wie niemand mehr auf der Straße. Jedenfalls dachte er das. Die Beleuchtungen in den Schaufenstern der Hauptgeschäftsstraße, die in einem großzügigen Bogen um die Hafenanlage verläuft, waren um diese Jahreszeit entweder bereits ganz abgeschaltet oder zumindest reduziert. Achtlos gingen die beiden an Schaufenstern vorbei, wo sich im Sommer die Touristen Appetit auf geräucherten oder fangfrischen Nordseefisch holen konnten oder süße Leckereien in der Auslage zum gemütlichen Kaffee- oder Friesenteeschnack einluden.

Die Wohnung der Schmitz befand sich in einem Wohn- und Geschäftshaus über einem kleinen Textilgeschäft und einem Souvenirlädchen. Schemenhaft war der Aufdruck der *Cliner Quelle* auf Mützen und Shirts zu erkennen. In der Saison konnten sich Badegäste noch mit der aktuellen

12

Sommerbademode oder mit einer Strickweste für einen lauschigen Abend vor dem Camper am Strand versorgen.

Aber dafür hatten diese beiden Nachtschwärmer heute keinen Blick. In der Deckenbeleuchtung des Hauseinganges zu Katjas Wohnung konnte man durch das um die Ecke gehende Schaufenster des Souvenirlädchens an der Rückwand ein großes Poster mit den historischen Segelschiffen im idyllischen Museumshafen von Carolinensiel erkennen. Carolinchen, die knuddelige Seehunddame, das Maskottchen von Carolinensiel-Harlesiel, schien als Kuschelstofftier den Kopf zu schütteln, genauso wie das Modell vom Alten Wangerooger Leuchtturm sicher gerne warnende Leuchtzeichen ausgesendet hätte. Auch das Bild von der Deichkirche Carolinensiel, mit dem abgesetzten, trutzig geduckten Glockenturm, hätte sicher gerne gewarnt. Und selbst das düstere Cover von einem Ostfriesenkrimi im Schaufenster, dessen Titel schon auf ein grausames Verbrechen hinwies, fand keine warnende Beachtung. Aber was hätten sie alle schon auszurichten vermocht gegen die Verführungskünste einer Frau? Nachdem Katja die Haustür zum Treppenhaus ihrer Wohnung aufgeschlossen hatte, blitzte sie Torsten schelmisch und verführerisch an.

„Na, Torsten, hast du Lust auf einen kleinen Absacker oder eine Tasse Kaffee bei mir?"

„Warum eigentlich nicht?", spielte er mit dem Feuer. „Schließlich bin ich heute Abend auch Strohwitwer. Meine Frau schläft nämlich heute Nacht bei ihrer Mutter", setzte er noch herausfordernd hinzu. Das „mal wieder" hatte er sich dabei gerade noch rechtzeitig verkniffen.

Katja schaute ihn nur charmant und vielsagend lächelnd an, bevor sie dann vor ihm die Treppe hinaufging. Mit weichen Knien folgte er ihr. Und sie schien ganz genau zu wissen, wovon er seinen Blick in diesem Moment einfach nicht wegbekommen konnte. Jedenfalls schien sie jeden ihrer aufreizenden Schritte nach oben zu genießen.

Auf so etwas hatte Torsten sich, seit er mit Wibke verheiratet war, bisher überhaupt noch nie eingelassen. Obwohl anscheinend seine Frau und ihre Mutter genau davon auszugehen schienen. Aber wieso musste seine Frau mal wieder, nach einem völlig sinnlosen Streit mit ihm, bei ihrer Mutter schlafen? Allein das schien ihm schon Rechtfertigung genug dafür zu sein, dass er sich jetzt hier auf ein solches Spiel mit dem Feuer einließ. Eine Logik, die sicher durch seinen Alkoholpegel noch erheblich begünstigt wurde. Daher machte er sich in diesem Moment auch überhaupt keine Gedanken darüber, wie weit dieses Spiel dann letztlich nachher gehen sollte. Jetzt war er erst einmal überrascht, wie nett und freundlich Katjas Wohnung eingerichtet war. Sie führte ihn ins Wohnzimmer und ließ ihn auf der geräumigen Couch Platz nehmen.

„Ich weiß ja inzwischen, was ihr hier an der Küste zu vorgerückter Stunde gerne trinkt", sagte sie. „Charlie, richtig?!"

„Du bist ausgesprochen lernfähig! Genau das Richtige jetzt!"

Sie goss an einem als Bar dienenden Sideboard zwei normale Wassergläser über ein Viertel mit Weinbrand voll und verschwand dann mit beiden Gläsern in der Küche. Als sie zurückkam, hatte sie in beide Eis gegeben und mit Cola aufgefüllt.

„Lass es dir schmecken, Torsten."

„Danke, Katja, prost!"

„Ich mache mich gerade mal ein bisschen frisch. Du kannst ja inzwischen eine CD auflegen. In dem CD-Ständer da findest du genug."

Torsten nahm noch einen tiefen Schluck von seinem Charlie und schaute sich die CDs an, während Katja im Bad verschwand. Wieso ihm jetzt ausgerechnet der *Bolero* von *Maurice Ravel* in die Hände fiel und wieso er gerade diese CD jetzt auflegte, hätte er gar nicht genau sagen können. Sein Testosteronspiegel schien für ihn das Denken übernommen zu haben. Und das erst recht, nachdem sich die Wohnzimmertür wieder öffnete. Katja schritt im Takt des *Boleros* durch die Tür wie durch einen geöffneten Bühnenvorhang. Bei Torsten schaltete sich bei ihrem Anblick auch noch der letzte Rest seiner Bedenken und seines Verstandes aus. Sie hatte nur noch einen Hauch von nichts an, der mehr zeigte, als er verbarg.

Sein nunmehr einsetzender ungeheurer Adrenalinschub ließ seine Pulsfrequenz auf über hundertachtzig hochschießen. Das war wie ganz alleine vor dem Tor des Gegners. Nur noch der Keeper und er, bevor er dann abziehen und den Ball treffsicher im gegnerischen Tor versenken würde. Dabei schien Katja die offensichtliche Wirkung ihres Auftritts auf ihn in vollen Zügen zu genießen.

„Torsten, du bist ja ein Hellseher. Den Bolero legt mein Mann immer auf als Auftakt für eine ganz besonders heiße Nummer. Weil einem da der Takt so schön ins Blut geht, wie er dann sagt, und die Musik dann immer schneller und heißer wird. Fast wie beim Tango. Den haben wir im Karnevalsverein in Kerpen immer so gerne getanzt."

Kapitel 2

Wibke schloss die Tür auf. Es war dunkel und still im Haus. Ihr fröstelte. Ole war ja auf der Geburtstagsfeier bei Kai Drees. Aber wo war Torsten? Es war bereits zweiundzwanzig Uhr dreißig und sie hatte erwartet, ihn jetzt mit einer Flasche Bier vor dem Fernseher zu finden. Das Bett im Schlafzimmer war unbenutzt. In der Küche auf dem Tisch lag sein Handy. Also müßig, über einen Anruf bei ihm nachzudenken. Aber wo könnte er sein? War er vielleicht doch noch zum fünfundsiebzigsten Geburtstag von Jan Grube gegangen? Aber die beiden hatten seit letztem Jahr Krach und er hatte eigentlich deswegen nicht hingehen wollen.

Ja, es stimmte, sie hatten sich mal wieder gestritten. Und wieder war es darum gegangen, dass er ihr nicht hatte sagen wollen, über was er sich mit Uwe Steens Mutter nach dem Training so lange und so angeregt unterhalten hatte. Das sei Trainerangelegenheit, hatte er nur gesagt. Und er lasse sich nicht hinterherspionieren. Und dann hatte er mal wieder ihre Mutter angegriffen. Wofür sie ihn mit der Übernachtung bei ihrer Mutter hatte bestrafen wollen. Normalerweise brachte ihn das wieder zur Besinnung und er entschuldigte sich dann am nächsten Tag sogar bei ihr dafür.

Sie war heute Morgen überraschend in der Trainingshalle aufgetaucht. Sonst hätte sie das intensive Gespräch der beiden ja gar nicht beobachten können. Torsten hatte sie nicht bemerkt. Der schien nur Augen für den riesigen Vorbau von der Ulrike Steen zu haben. Und sie hatte dabei dieses ungute Gefühl in ihrem Bauch nicht loswerden können, dass da doch etwas mehr sein könnte. Wobei allerdings sogar ihre Mutter, die sonst eigentlich bei so etwas immer auf ihrer Seite war, diesmal auch der Meinung gewesen war, dass ausgerechnet Ulrike Steen nun ganz bestimmt nicht sein Typ sei. Allerdings hatte sie auch gemeint, dass man ja nie wissen könne und gerade stille Wasser sollten manchmal sogar sehr tief sein.

Ich muss bei Mama anrufen, schoss es Wibke durch den Kopf. Aber dann kamen ihr die Worte ihres Vaters wieder in den Sinn. Sie müsse endlich mal lernen, mit ihren Problemchen, wie er es ausgedrückt hatte, alleine zurechtzukommen. Das war auch der Grund, warum sie heute dann doch nicht bei ihrer Mutter übernachtet hatte.

Im Moment war Wibke überhaupt nicht gut auf ihren Vater zu sprechen. Vor etwa einem halben Jahr war ihr Vater in den Ruhestand getreten. Bis dahin hatte er viele Jahre als Kapitän von großen Containerschiffen die Weltmeere bereist. Sie war das einzige Kind ihrer Eltern geblieben und hatte auch die meiste Zeit ihrer Kindheit und Jugend mit ihrer Mutter allein verbracht. Zwischen ihnen beiden hatte sich daher ein eher freundschaftliches Verhältnis als eine klassische Mutter-Kind-Beziehung entwickelt. Worauf beide sogar sehr stolz waren. Obwohl sie nur eine knappe Viertelstunde voneinander entfernt wohnten, telefonierten die beiden in der Regel mehrmals am Tag.

Für Wibke war ihre Mutter inzwischen zum Problemlöser Nummer eins geworden. Und genau das sei nach Auffassung ihres Vaters das eigentliche Problem. Anstatt zum Beispiel ihre Beziehungsprobleme mit ihrem Mann selbst zu klären, würde sie damit immer zu ihrer Mutter rennen. Das könne, nach Auffassung ihres Vaters, für eine Frau Mitte dreißig doch wohl nicht normal sein. Und schließlich waren ihre Eltern über diese Frage selbst in Streit geraten. Ihr Vater hatte ihrer Mutter vorgehalten, dass sie als Mutter nicht loslassen könne und sich viel zu sehr in die eheliche Beziehung ihrer Tochter einmischen würde. Ihre Mutter sah dies dagegen nicht nur als ihr Recht als Mutter an, sondern sogar als ihre Pflicht.

Schließlich sei er ja fast nie da gewesen und könne die ganze Entwicklung in der Beziehung ihrer Tochter und deren Mann daher auch gar nicht beurteilen. Und schließlich lägen die Ursachen der Probleme nicht bei ihrer Tochter, sondern nach ihrer Auffassung eindeutig beim Schwiegersohn. Insofern müsse man dem Kind einfach helfen. Trotzdem war ihr Vater bei seiner Auffassung geblieben. Nach seiner Meinung sei es nicht Sache der Mutter, die Richterin in der Beziehung ihrer Tochter zu ihrem Ehemann zu spielen. Sowohl ihre Tochter als auch der Schwiegersohn seien erwachsene Menschen und daher für sich selbst verantwortlich. Und als er dann noch erfahren hatte, dass ihre Eifersucht, ausgelöst durch das Gespräch ihres Mannes mit der Mutter eines Jungen aus der E-Jugend, der ursächliche Grund dafür war, dass sie die Nacht im Hause ihrer Eltern verbringen wollte, hatte er darauf bestanden, dass sie sofort zu ihrem Mann zurückfährt und die Angelegenheit mit ihm selbst klärt.

Und nun war Torsten nicht da. Sie wusste noch nicht einmal, wo er war. Und gerade jetzt, wo sie ihre Mutter so dringend gebraucht hätte, durfte sie sie, nach Vorgabe ihres Vaters, noch nicht einmal anrufen. In Wibke kam Panik auf. Mit einer solchen Situation hatte sie bisher noch nie alleine fertigwerden müssen.

Sie schaltete den Fernseher an, um sich ein wenig abzulenken. Sie zappte von einem Programm zum nächsten, aber sie konnte nichts für sie Interessantes finden. Dabei kreisten ihre Gedanken im Kopf herum. Da das Auto und auch sein Fahrrad in der Garage standen, musste Torsten zu Fuß im Ort unterwegs sein. Also weit konnte er nicht sein. Und das ließ andererseits darauf schließen, dass er was trinken wollte. Sie überlegte, ob sie vielleicht mit dem Fahrrad losfahren und ihn suchen sollte. Aber wo sollte sie anfangen?

Eigentlich war Wibke eine sehr taffe Frau. Sie hatte selbst aktiv viele Jahre Fußball gespielt und trainierte heute die Damenmannschaft ihres Vereins. Daneben war sie selbst noch in der Damenturnriege sehr aktiv und legte sogar jedes Jahr mit Erfolg ihre Sportabzeichen-Prüfung ab. Vielleicht hatte ihr Vater doch gar nicht so unrecht gehabt. Wenn sie wollte, dann konnte sie sich nämlich – auch sogar in aller Fairness – auseinandersetzen. Schließlich musste sie das als Trainerin auch. Da musste sie sogar Vorbild sein und Entscheidungen treffen. Nur in ihrer Partnerschaftsbeziehung waren die

Ratschläge ihrer Mutter einfach immer sehr bequem gewesen. Und so saß sie jetzt auf ihrem Fahrrad und radelte entschlossen in Richtung Ortszentrum. Vielleicht war er mit ein paar Kumpels in der *Stechuhr* versackt. Das wäre nicht das erste Mal. Und sollte er da etwa mit einer Tussi sitzen, dann könnten sich beide auf was gefasst machen!

Kapitel 3

„Moin Nancy, machst du schon zu?"

„Moin Wibke. Ja, die letzten Gäste sind gegangen und es werden wohl auch heute Abend höchstens noch ein paar Angetrunkene von irgendwelchen Privatfeten unterwegs sein. Und auf die kann ich dann auch verzichten. Die geben sich bei mir nachher den Rest und pennen dann auf der Toilette ein und ich kriege sie dann nicht mehr da raus. Hab ich alles schon gehabt."

„Mensch, Nancy, da kann ich dich nur bewundern, wie du das alles so hinkriegst und auch mit besoffenen Kerlen fertigwirst. Aber ich suche meinen Torsten, war der denn heute Abend hier bei dir?"

„Allerdings. Der kam so gegen acht mit einer ziemlich miesen Laune in meinen Laden und war auch durch nichts aufzuheitern."

„Ach, weißt du, wir hatten mal wieder so einen völlig überflüssigen Streit. Im Grunde eigentlich um nichts. Wie ist man doch manchmal so bescheuert."

„Wem sagst du das. Das kenne ich zur Genüge von meinen eigenen Beziehungen. Und mancher von den Gästen schüttet einem nach reichlich Bier und Korn an der Theke sein Herz aus. Da kommt man sich manchmal vor wie ein katholischer Pastor im Beichtstuhl."

„Kann ich mir gut vorstellen. Aber wann ist Torsten denn hier raus? Und weißt du, wo er dann hinwollte?"

„Ich hab nicht auf die Uhr geschaut, aber das ist noch gar nicht so lange her. Ich hab drinnen nur noch ein bisschen Klarschiff gemacht, nachdem er mit Katja raus ist."

„Mit wem ist der raus?! Ausgerechnet mit der Katja?! Ich bring ihn um, wenn der was mit der Katja angefangen hat!" Wibke war außer sich und ihre Stimme überschlug sich fast.

„Mein Gott, Wibke, jetzt reg dich doch nicht so auf. Da war bestimmt nichts zwischen den beiden."

„Woher willst du das denn so genau wissen?"

„Na, als erfahrene Wirtin entwickelt man ein gutes Gespür für so etwas. Da merkt man relativ schnell, wenn es zwischen zwei Gästen in dieser Hinsicht gefunkt hat. Ich nenne das dann immer den Flirtfaktor zehn. Da kannst du manchmal förmlich die Funken sprühen sehen."

„Und du meinst, die hättest du bei Torsten und Katja nicht gesehen?"

„Da bin ich mir sogar ganz sicher."

„Und was macht dich da so absolut sicher?" In Wibke krampfte sich alles zusammen. Ausgerechnet diese Katja!

„Na, ganz einfach. Katja kam so gegen neun Uhr. Eigentlich nur, um sich ein paar Zigaretten zu ziehen, weil ihr die Hülsen ausgegangen waren, wie sie sagte. Und ich hab sie dann quasi erst dazu animiert, hier an der Theke noch ein Bier zu trinken. Und dann kam sie mit Torsten ins Gespräch, über ihren Sohn Karsten. Da ging es dann aber ausschließlich um das Fußballtalent von Karsten und dass dein Mann ihn als Trainer der E-Jugend gerne zu Pfingsten mit in das nächste Trainingscamp reinbringen wollte."

„Das klingt ja so, als hättest du die ganze Zeit daneben gestanden."

„Wenn ich hier an der Theke zu tun habe, kann ich es doch gar nicht vermeiden, dass ich was von den Gesprächen meiner Gäste mitbekomme. Und da sonst nicht viel los war, hatte ich auch nichts anderes zu tun."

„Und die haben sich auch wirklich nur über Fußball unterhalten? Das kann ich fast nicht glauben! Gerade bei der

Katja nicht! Die scheint doch immer sofort in Flirtlaune zu kommen, sobald die nur einen Mann sieht."

„Da magst du ja durchaus recht haben, liebe Wibke. Aber ich sage es dir noch mal, da hat nichts zwischen den beiden gefunkt. Das hätte ich mitgekriegt, glaub mir das. So etwas entgeht mir nicht. Die Katja hatte bei dem Gespräch mit deinem Torsten nur die Fußballkarriere von ihrem Karsten im Kopf. Die sah den eigentlich schon fast in der Bundesliga und in der deutschen U-19-Jugendnationalmannschaft. Und dazu hat die deinem Torsten fast ein Loch in den Bauch gefragt. Wie und was und wann und wo ... und was sie und was ihr Karsten und was Torsten und was der Verein alles dafür tun könnten. Da war Torsten ganz schön gefordert. Aber ganz anders, als du das jetzt wohl befürchtet hast."

„Aber dann sind die beiden doch zusammen gegangen, oder?"

„Das schon. Aber die sind nun wirklich nicht Händchen haltend losgezogen. Soweit ich das mitbekommen habe, wollten beide sofort nach Hause gehen. Torsten hatte noch gemeint, dass er genügend Bier und Korn zu Hause hätte, um seinen Frust auch alleine runterspülen zu können. Da hatte ich mir schon gedacht, dass bei euch der Haussegen etwas schief hängt. Und Katja hat sich dann noch ein paar Zigaretten für morgen aus dem Automaten gezogen, bevor sie raus ist."

„Es ist aber trotzdem schon sehr merkwürdig. Wenn Torsten nach Hause wollte, dann hätte ich ihm vorhin begegnen müssen. Denn ich bin genau da mit dem Rad gefahren, wo er normalerweise laufen würde. Und zwar auf dem Weg am Museumshafen vorbei. Er ist mir aber nicht entgegengekommen ..."

„Na, vielleicht hat er ja noch den Schlenker an der Kirche vorbei gemacht und Katja bis zur Haustür gebracht und ist jetzt bereits bei euch zu Hause und trinkt sein Bier vor dem Fernseher. Das würde dann auch erklären, warum ihr euch verpasst habt. Und jetzt halte ich dich hier auch noch mit meinem Gequatsche auf."

Das war allerdings nur die halbe Wahrheit. In Wirklichkeit fühlte sich Nancy eher von Wibke aufgehalten. Denn eigentlich hatte sie sich schon beim Abschließen auf ihre Couch und vielleicht noch einen Samstagskrimi im Fernsehen gefreut. So oft hatte sie dazu keine Gelegenheit. Wibke allerdings erschien Nancys Hinweis in diesem Moment durchaus plausibel und sie machte sich schleunigst auf den Weg nach Hause.

Als sie gerade am Nationalparkhaus vorbeifuhr, kamen ihr aber auf einmal doch wieder Zweifel. Vielleicht war Torsten ja doch noch mit zu Katja gegangen. Und da war sie wieder, die Eifersucht, und bohrte sich wie ein Stachel in ihre Seele. Katja war ein Luder, da waren sie und einige andere Frauen im Verein sich einig. Obwohl Katja sehr charmant und vor allem auch hilfsbereit war. Sie bot sich an, bei der Vorbereitung von Feiern zu helfen, nahm auch gerne Kinder zu Auswärtsspielen mit und übernahm sogar ungeliebte Arbeiten im Verein, wenn zum Beispiel mal die Toiletten einer Grundreinigung bedurften. Da war sie sich offensichtlich für nichts zu schade. Was ihr dann auf der anderen Seite durchaus schon eine gewisse Anerkennung eingebracht hatte.

Aber jetzt bohrte bei Wibke wieder dieser Stachel der Eifersucht. Gerade Katja hatte eine Art, die Blicke der Männer auf sich zu ziehen. Und das war nun wahrhaftig keine Einbildung von ihr. Das sahen die anderen Frauen genauso, Nettigkeit und Hilfsbereitschaft hin oder her. Das konnte auch alles Tarnung sein. Da war sich Wibke auf einmal sogar absolut sicher und trat noch heftiger in die Pedale. Dabei ärgerte sie sich, dass sie Nancy nicht danach gefragt hatte, wo die Katja eigentlich wohnt. Es musste ja wohl irgendwo in der Nähe der Kirche sein. Aber Torsten jetzt aufs Geratewohl zu suchen, erschien ihr dann doch zu blöd. Zumal der vielleicht inzwischen tatsächlich gemütlich mit einem Bier und Korn vor dem Fernseher saß, wie Nancy gesagt hatte.

Kapitel 4

Torsten hatte seinen Testosteronspiegel ziemlich abgearbeitet. Sein Verstand schien so langsam wieder die Oberhand zu bekommen und damit meldete sich auch sein schlechtes Gewissen, nachdem er sich im Bad etwas frisch gemacht hatte. Er suchte im Wohnzimmer seine Sachen zusammen. Katja lag immer noch, wie Gott sie geschaffen hatte, auf der Couch und wirkte in der gedämpften Beleuchtung wie die leibhaftige Versuchung. Aber Torsten war mit Anziehen und seinen quälenden Gedanken beschäftigt und hatte dafür in diesem Moment keinen Blick mehr. Die CD war schon lange zu Ende und Torsten empfand auf einmal eine bedrückende Stille, als plötzlich von der Straße her das Husten eines Mannes zu hören war. In diesem Moment wurde ihm bewusst, dass offensichtlich die ganze Zeit das Wohnzimmerfenster auf Kippe gestanden hatte. Was hatte man da von draußen alles hören können, schoss es ihm durch den Kopf.

„Mensch Torsten, so einen geilen Hengst wie dich habe ich auch nicht immer im Bett. Komm, sei kein Spielverderber, die Nacht hat doch gerade erst angefangen und ich könnte schon wieder", wollte ihn Katja noch dazu bewegen, zu bleiben.

Torsten aber machte das Fenster zu und entgegnete: „Katja, sprich doch bitte nicht so laut. Wenn man das Husten von der Straße bis hier rauf hören kann, dann kann man doch auf der Straße auch jedes Wort von hier oben verstehen. Wer weiß, wer da unten inzwischen vorbeigegangen ist oder vielleicht sogar gestanden und gelauscht hat, und wer weiß, was der alles von uns mitbekommen hat."

Damit hatte er, allerdings ohne es zu wissen, genau den Nagel auf den Kopf getroffen. Um diese Zeit fuhren ja kaum noch Autos. Es war also alles ruhig und still auf der Straße. Nur gelegentlich mal Radfahrer oder Fußgänger, die von einer Feier auf dem Weg nach Hause waren. Vielleicht hatte sogar mancher, der nicht wusste, wer da oben hinter dem gekippten

Fenster mit der schummerigen Beleuchtung wohnte, gedacht, dass sich da jemand einen Pornofilm ansah. Weder Katja noch Torsten hatten eine Ahnung, wem es unten auf der Straße fast einen Stich ins Herz gegeben hatte, als Katja unüberhörbar Torsten angefeuert hatte. Katja schienen die Befürchtungen von Torsten allerdings herzlich wenig zu beunruhigen. Stattdessen schüttelte sie sich vor Lachen.

„Ich stelle mir das gerade bildlich vor, wie da unten so ein Spanner steht und sich dann vielleicht im dunklen Hauseingang mit sich selbst beschäftigt. Und wenn nicht, da hätte sicher so mancher geile Bock noch was lernen können."

„Katja, jetzt wirst du vulgär! Ich glaube, es ist besser, wenn ich jetzt gehe."

„Schade, Torsten. Du Hosenscheißer! Hätte nicht gedacht, dass du dir vor deiner Frau oder irgendeinem perversen Spanner so in die Hose machst."

„Na ja, sind wir beide doch mal ehrlich. Es war wirklich sehr schön mit dir und ich muss dir sicher nicht sagen, wie gut du im Bett oder hier auf der Couch bist. Das weißt du sicher selbst besser als ich. Aber wir sind beide verheiratet und das sollten wir nicht vergessen. Mir wäre es daher recht, wenn wir es bei diesem One-Night-Stand belassen und uns auch weiterhin nur noch rein freundschaftlich begegnen würden."

„Kein Problem. Von mir aus. Obwohl ich das sehr schade finde. Von dir könnte nämlich auch mancher noch was lernen. Aber selbstverständlich wird niemand von mir etwas erfahren, schon im eigenen Interesse nicht. Und was meinen Mann betrifft … weiß ich denn, was der immer alles in der Koje von seinem Lkw so treibt? Ich frage ihn nicht danach und da soll er mich auch nicht fragen. Also was soll's! Ich nenne das ausgleichende Gerechtigkeit! Schließlich meint ihr Männer doch sonst immer, alle Rechte nur für euch zu haben!"

Torsten stand nicht der Sinn nach einer längeren Diskussion mit Katja. Ihn hatte auf einmal so etwas wie eine furchtbare Katerstimmung erwischt und er hatte es plötzlich sehr eilig. Hastig drückte er noch einen Kuss auf ihren verführerischen

Mund und verließ dann fast fluchtartig die Wohnung und das Haus.

Draußen war eine sternenklare Nacht und der Mond verteilte sein fahles Licht. Ihn fröstelte und er strebte mit langen Schritten in Richtung nach Hause. Ein Auto fuhr an ihm vorbei, aber er beachtete es kaum. Die Scheinwerferkegel warfen ein gespenstisches Licht auf die Häuserfronten der Kirchstraße. Dann bog der Wagen in die enge Gasse vor der Kirche ab, deren Name Pumphusen sicher schon so manchen Touristen belustigt hatte. Vielleicht war da ja noch ein später Kurgast auf dem Weg zum Kurzentrum. Auch sein Weg führte ihn durch die gleiche Gasse an der Deichkirche und dem Friedhof vorbei.

Beim Anblick der Kirche mit dem seitlich versetzten niedrigen Turm drückte ihn sein Gewissen noch mehr. Mein Gott, dachte er, auf was habe ich mich da nur eingelassen? Er liebte doch seine Wibke über alles. Ihr glockenhelles Lachen und das strahlende Leuchten ihrer Augen. Ihm kamen plötzlich die Bilder von seiner Trauung mit Wibke in den Kopf. Die Worte von Pastor Petersen zur ehelichen Tugend und Treue, von den guten und schlechten Zeiten, bis dass der Tod euch scheidet. Wie würde er Wibke je wieder in die Augen schauen können? Diesmal hatte sie tatsächlich einen Grund zur Eifersucht. War es jetzt aus reiner Geilheit passiert, fragte er sich selbstkritisch. Aber warum war er denn überhaupt in die Kneipe gegangen? Warum konnte er das Thema Eifersucht mit seiner Wibke einfach nicht zu Ende diskutieren? Immer wenn sie an einen bestimmten Punkt kamen und ihr die Argumente auszugehen schienen, dann rannte sie zu ihrer Mutter. Gott sei Dank passierte das ja nicht jedes Mal. Er hatte aber noch nicht den Schlüssel dafür gefunden, wie er das verhindern konnte.

Heute war er sich aber sicher, wenn Wibke nicht wieder zu ihrer Mutter gerannt und er nicht in die Kneipe gegangen wäre, um seinen Frust runterzuspülen, dann wäre das mit der Katja ganz sicher nicht passiert. Aber er war es, der fremdgegangen war. Er hätte ja auch Nein sagen können. Deswegen war es ausschließlich nur seine Verantwortung! Da konnte er jetzt nicht die Schuld auf Wibke abladen. Das stand für ihn absolut fest.

Ganz klein und elendig kam er sich vor, wenn er nur daran dachte. Er war sich sicher, Wibke würde es ihm ansehen, wenn sie morgen wieder nach Hause käme. Und er fühlte sich jetzt schon wie ein Angeklagter, über den dann seine Frau und ihre Mutter zu Gericht sitzen würden.

Dabei sollte er schon bald vor einem ganz anderen Richter stehen. Aber davon hatte er in diesem Moment auch noch nicht den Hauch einer Ahnung. Ebenso wenig davon, dass Wibke bereits wieder zu Hause gewesen war und inzwischen sogar schon nach ihm gesucht hatte. Das hätte er sich am allerwenigsten vorstellen können. Denn er kannte die mütterliche Obhut seiner Schwiegermutter ihrer Tochter gegenüber. Die ließ in solch einem Fall gerade noch Platz für den Enkel. Auf ihn wirkten dann Mutter und Tochter fast wie das Bollwerk einer trutzigen Festung. Davon, dass mit dem Ruhestand von Wibkes Vater dieses Bollwerk zu bröckeln schien, war noch nichts bis zu ihm durchgedrungen.

Kapitel 5

„Hallo mein Schatz, Überraschung!" Gerd warf einen Strauß schon leicht verwelkter roter Rosen auf das Bett seiner Frau. Katja war gerade erst eingenickt und schoss voller Schreck hoch.

„Gerd! Ich dachte, du bist in Italien!"

„Ja, ja, mein Schatz, die Wege des Herrn und die Planungen des Disponenten sind eben manchmal unergründlich."

Dass sein Anruf bei ihr gar nicht aus Italien gekommen war und dass er sich zu diesem Zeitpunkt bereits wieder auf einer Fahrt in Deutschland befunden hatte, verriet er ihr natürlich nicht. Denn Gerd war, was das anging, mittlerweile ein gebranntes Kind. Nicht ohne Grund hatte er sich vor einem halben Jahr bei einer anderen Spedition weit weg von Kerpen beworben. Einige Frauen im dortigen Karnevalsverein hatten nämlich damit gedroht, im Internet einen öffentlichen Shitstorm gegen Katja loszutreten, wenn diese nicht ihre Männer in Ruhe lassen würde. Katja hatte allerdings alles bestritten und gemeint, die Frauen seien nur neidisch und eifersüchtig.

Die betroffenen Männer, die Gerd versucht hatte darauf anzusprechen, hatten natürlich ebenfalls alles geleugnet. Schließlich hatte er keinen anderen Ausweg mehr gesehen, als möglichst weit weg von Kerpen einen neuen Job zu finden. Zumal die Frauen im Karnevalsverein bereits den Ausschluss von ihm und seiner Frau aus dem Verein betrieben hatten. Das Gespräch mit dem Vereinsvorstand hatte ihm dann schließlich den Rest gegeben.

Trotzdem war Katja dabei geblieben, dass alles erstunken und erlogen sei und dass man sie nur mobben wollte. Und im Übrigen müsste mal gerade der Vorstandsvorsitzende die Klappe halten. Denn gerade der hätte selbst sogar mal versucht, sie auf der Toilette anzubaggern und zu betatschen. Und weil sie sich ihm verweigert hatte, hätte er wohl jetzt auch den Vereinsausschluss im Vorstand durchgedrückt. Und nur um des lieben Friedens willen hätte sie das bisher für sich behalten.

Natürlich hatte sich der Vorstandsvorsitzende Gerd gegenüber gegen die Vorwürfe von Katja verwahrt und sogar mit Verleumdungsklage gedroht. Da weder die eine noch die andere Seite irgendwelche Beweise hatte, hatte Gerd schließlich überhaupt nicht mehr gewusst, was er noch glauben sollte.

Aber sein Misstrauen und seine Eifersucht waren geweckt. Daher hatte er sich vorgenommen, seine Frau künftig heimlich stärker zu kontrollieren. Und so war es in der letzten Zeit immer wieder vorgekommen, dass er von unterwegs anrief und nur vorgab, im Ausland zu sein. In Wirklichkeit hatte er sogar schon manche Nacht in seinem Wagen in der Nähe seiner Wohnung verbracht, nur um seine Frau zu überwachen. Doch bisher hatte er sie noch nicht mit einem anderen Mann erwischen können.

Auch heute hatte Gerd zunächst in Sichtweite zu seiner Wohnung geparkt und sich erst einmal eine Zigarette angezündet. Dabei hatte er bemerkt, dass seine Zigaretten zur Neige gingen. Daraufhin war er noch mal schnell die paar Meter zur Stechuhr gefahren, um sich noch ein paar Zigaretten für den nächsten Tag zu ziehen. Als er dort vor verschlossener Tür stand, meinte er, sich an einen Zigarettenautomaten am Hafen erinnern zu können, und war dorthin zu Fuß weitergegangen. Einen Automaten hatte er dort allerdings nicht finden können, und da auch die anderen Lokalitäten am Museumshafen bereits geschlossen hatten, war er schließlich unverrichteter Dinge wieder umgekehrt.

Im Geiste hatte er sich schon ausgemalt, wie er seine Frau mit dem Strauß roter Rosen überraschen würde. Schon während der Heimfahrt in seinem Lkw war er in seiner Fantasie die Bilder von ihrem freudigen Empfang tausendmal durchgegangen. Denn wenn seine Kati in Stimmung war ... und mit solchen Gedanken hielt er sich auch sonst gerne bei seinen nächtlichen Fahrten wach.

Gerd war ein mittelgroßer, hagerer und drahtiger Typ mit im Nacken schulterlangen schwarzen Haaren, wie das manche Fußballer in den 1970er Jahren gerne getragen hatten. Erste graue Haaransätze bekämpfte er mit entsprechenden Mitteln, was er aber niemals zugegeben hätte. Wenn er zu privaten Feten mit seiner Truckerkluft und seinem Stetson kam, hätte man ihn wirklich für einen verirrten Cowboy aus einem Wildwestfilm halten können. Und mit seinen stechend kleinen, fast schwarzen Augen und seiner schmalen Hakennase erinnerte er an manche Wildwestlegende. Da fehlten dann nur noch der Colt im Holster und die Sporen an den Stiefeln.

Wenn ihn seine Truckerkollegen darauf ansprachen, dass er ja so dürr wäre, dass er schon bald klappern müsste, dann gab er regelmäßig zur Antwort, dass ein guter Hahn eben selten fett werde. Und wenn seine Frau dann zufällig bei ihm stand, dann pflegte er ihr voller Besitzerstolz auf den Hintern zu klopfen und sie dann aufzufordern, sag einfach Ja, mein Schatz, was sie dann regelmäßig auch mit einem frechen Grinsen tat. Dabei konnte es sogar passieren, dass sie dann einen seiner – vielleicht etwas beleibteren – Kollegen herausfordernd nach den Gründen für seinen Bauch fragte. Und nicht wenige seiner Fernfahrerkollegen beneideten ihn sogar um diese Frau. Was natürlich seinem Ego und seiner Männlichkeit mächtig schmeichelte.

Angetörnt von seinen Fantasievorstellungen auf der Heimfahrt, schlüpfte er, nachdem er sich im Bad etwas frisch gemacht hatte, zu seiner – wie er meinte – für ihn jetzt erwartungsvoll bereitliegenden Ehefrau. Allerdings schien diese von seinen Annäherungsversuchen diesmal überhaupt nicht angetan zu sein. Sie schob dies auf eine starke Migräne, die sie schon den ganzen Abend plagen würde.

So hatte sich Gerd den Abschluss dieses Abends nun absolut nicht vorgestellt gehabt. Migräne! Eine blödere Ausrede hätte sich seine Frau nun wirklich nicht ausdenken können. Denn damit hatte sie nämlich normalerweise überhaupt keine Probleme. Dabei glaubte er heute, den Grund zu kennen. Die angebliche Migräne war für ihn sozusagen der letzte Beweis. Und so grübelte er noch eine ganze Weile vor sich hin, bevor ihn dann endlich doch die Müdigkeit übermannte.

Im Gegensatz dazu hatte sich seine Frau sofort auf die andere Seite gedreht. Die Rosen waren achtlos auf dem Bettvorleger gelandet. Und eine Welle des Hochgefühls, heute mal wieder alles perfekt im Griff gehabt zu haben, ließ sie auch sofort wieder sanft in das Land ihrer unschuldigen Träume versinken.

Kapitel 6

Wibke hatte die ganze Nacht kaum ein Auge zugemacht. Torsten war immer noch nicht nach Hause gekommen, Wo konnte er nur sein? Auf jedes Geräusch hatte sie gehorcht und war jedes Mal hochgeschreckt, in der Hoffnung, dass sie endlich seinen Schlüssel im Türschloss hören würde. Aber es war totenstill geblieben. Das mit Torsten war nicht normal. Es war zwar schon mal vorgekommen, dass sie und die anderen Frauen von einer Geburtstagsfeier bei Freunden früher nach Hause gegangen waren und die Männer beim Frühstück immer noch zusammengesessen hatten. So etwas hatte aber gestern nicht angestanden. Und selbst wenn er doch noch zum Geburtstag von Jan Grube gegangen sein sollte, dann hätte er auch von dort inzwischen längst zu Hause sein müssen.

Ihre Gefühle schwankten zwischen Sorge und Wut hin und her. Schließlich war es eigentlich viel wahrscheinlicher, dass er doch mit zu Katja gegangen war. Und nun noch bei ihr im Bett lag. Zumal er ja wohl davon ausgehen würde, dass sie die Nacht bei ihrer Mutter verbringen und erst nach dem Frühstück wieder zu Hause sein würde. Sie hatte immer wieder versucht, diese Gedanken zu verdrängen. Aber es nützte nichts, sie kamen immer wieder. Wieso hatte sie Nancy nicht nach der Adresse gefragt? Sie hätte sich jetzt in den Hintern beißen können.

Schließlich hielt es sie nicht mehr im Bett. Ein Geistesblitz schoss ihr durch den Kopf. Wieso war ihr das nicht früher eingefallen? Sie ging an den Schreibtisch von Torsten, wo er tatsächlich sein Notizbuch mit den Adressdaten seiner Trainingsgruppe liegen hatte. Karsten Schmitz hatte sie schnell gefunden und da standen auch Adresse und Telefonnummer. Sie griff zum Telefon und wählte die Nummer. Es war ihr in diesem Moment völlig egal, dass es Sonntagmorgen und noch vor acht Uhr war. Nachdem es mehrmals geklingelt hatte, meldete sich eine männliche Stimme.

31

„Ja?!"

„Torsten, bist du das?"

„Hier ist nicht Torsten, sondern Gerd Schmitz, und ich wollte eigentlich diesen Sonntag mal ausschlafen, gute Frau! Wer sind Sie eigentlich und was wollen Sie Sonntagfrüh, quasi noch mitten in der Nacht?"

„Oh, entschuldigen Sie, das tut mir sehr leid, ich habe mich wohl verwählt. Tut mir wirklich sehr leid." Und bevor Gerd Schmitz seinem Ärger jetzt erst richtig hätte Luft machen können, legte sie schnell auf.

Da hatte sie aber die Rechnung ohne Gerd Schmitz gemacht. Und schließlich kannte sie ja auch die Kerpener Vorgeschichte nicht. Bei ihm waren durch ihren Anruf sämtliche vorhandenen Alarmglocken angegangen. Etwa schon wieder eine Frau, die bei seiner Frau nach dem Verbleib ihres Mannes forschte? Das wollte er doch jetzt genau wissen. Und schon klingelte das Telefon bei Wibke. Sie sah auf dem Display, dass es die Nummer war, die sie selbst gerade angerufen hatte, und überlegte, ob sie überhaupt rangehen sollte. Andererseits war sie froh, wenn sie überhaupt mit irgendjemandem reden konnte.

„Wibke Oltmann, moin."

„Hallo Frau Oltmann. Sind Sie nicht die Frau von Karstens Trainer? Ich bin Gerd Schmitz, den Sie gerade so unsanft aus dem Bett geholt haben. Torsten heißt doch Ihr Mann, oder irre ich mich da? Wieso rufen Sie am Sonntag in aller Herrgottsfrühe hier an? Und Sie schienen ja zunächst sogar geglaubt zu haben, dass Ihr Mann am Telefon wäre, sonst hätten Sie mich ja nicht mit Torsten angesprochen, oder?" Gerd Schmitz konnte sehr direkt werden.

Wibke war wie vom Donner gerührt und brachte zunächst kein Wort heraus. Mit so einer Ansage hatte sie nicht gerechnet. Aber dann hatte sie sich schließlich wieder gefangen und ihre alte Schlagfertigkeit kam zurück.

„Ja, Torsten ist der Trainer von Karsten und ich bin Wibke, seine Frau. Ich glaube, Gerd, wir können du sagen." Und dann hatte sie einen Geistesblitz: „Unsere Jungs waren ja gestern zum Geburtstag bei Kai Drees. Da ich bis heute Morgen bei meiner Mutter war, wollte ich wissen, ob Torsten die Jungs schon abholen gefahren ist und den Karsten vielleicht auch gleich nach Hause gebracht hat. Und da ihr ähnliche Stimmen habt, hatte ich gedacht, dass Torsten den Hörer für deine Frau abgehoben hat." Das klang plausibel.

Das meinte dann auch Gerd Schmitz. „Tut mir leid, Wibke, dass ich dich so angefahren habe, aber ich konnte ja nicht wissen, dass es um die Abholung unserer Jungs ging. Übrigens, Katja hat gerade gerufen, die Jungens werden so gegen elf Uhr gebracht", entschuldigte er sich. „Also, nichts für ungut und noch einen schönen Sonntag."

„Euch auch einen schönen Sonntag." Wibke legte auf. Was nun? Offensichtlich war ihr Verdacht in Bezug auf Katja doch unbegründet, denn Katjas Mann war ja zu Hause. Wo aber war dann Torsten? Sie hielt es einfach nicht mehr aus. Anweisung ihres Vaters hin oder her. Sie griff zum Telefon, um ihre Mutter anzurufen. Allerdings meldete sich ihr Vater am Telefon.

„Moin, Papa. Kann ich mal Mama sprechen?"

„Moin, Wibke, ich glaube, wir hatten eine Vereinbarung, oder?"

„Ja, Papa, aber es ist etwas passiert. Das heißt, eigentlich hoffe ich, dass nichts passiert ist. Torsten ist nämlich nicht da. Als ich gestern nach Hause kam, war er nicht da und er ist auch die ganze Nacht nicht nach Hause gekommen. Sein Auto und sein Fahrrad sind aber da. Das heißt, er muss zu Fuß unterwegs sein und eigentlich könnte er dann ja nicht weit sein."

„Da hast du sicher recht. Das erscheint doch sehr merkwürdig. Hast du denn mal versucht, ihn über sein Handy zu erreichen?"

„Das Handy liegt hier auf dem Küchentisch. Was wohl auch eher dafür spricht, dass er nichts Besonderes vorhatte. Und jetzt mache ich mir Sorgen, dass ihm irgendetwas passiert sein könnte." Dass sie schon in der Nacht nach ihm gesucht hatte und er gestern Abend mit Katja Schmitz in der *Stechuhr* gesessen hatte, sagte sie ihrem Vater erst einmal nicht.

„Wibke, es wird sich sicher alles aufklären und eine ganz harmlose Erklärung geben. Trotzdem werde ich gleich nach dem Frühstück mal zu dir rüberkommen. Dann können wir noch mal gemeinsam überlegen, ob uns irgendetwas einfällt. Vielleicht ist Torsten ja auch bis dahin schon wieder da. Dann rufe doch bitte kurz durch, damit wir beruhigt sind."

Wibke war irgendwie erleichtert und besorgt zugleich. Einerseits freute sie sich über die von ihrem Vater angebotene Hilfe. Andererseits signalisierte ihr seine Reaktion aber auch, dass er die Lage für sehr ernst zu halten schien. Und das schürte ihre Besorgnis natürlich noch zusätzlich.

Kapitel 7

Der Wecker klingelte. Kurt Bergedorf drückte schlaftrunken die Wiederholtaste und drehte sich auf die andere Seite. Aber der Schlaf wollte nicht wiederkommen. Stattdessen dröhnte ihm der Schädel. Und gerade als sich doch wieder bleierner Schlaf seiner bemächtigen wollte, hämmerte ihn die Wiederholfunktion seines Weckers wieder in die Gegenwart.

„Scheißwecker", entfuhr es ihm. Dann machte er ihn aus.

„Wieso Scheißwecker?", meldete sich seine Frau Käthe von der anderen Hälfte des Ehebettes zu Wort. „Wann bist du denn von der Geburtstagsfeier nach Hause gekommen?"

„Keine Ahnung."

„Jan hat euch wohl zu seinem Fünfundsiebzigsten abgefüllt, oder? Euch Männer kann man doch nicht eine Sekunde alleine lassen."

„Ach Quatsch. Aber du hast auch nichts verpasst. Die anderen Frauen waren auch nicht da gewesen. Und von wegen Jan uns abfüllen. Der Geizknochen wollte noch nicht einmal seinen Cognac für Charlie rausrücken, nur seinen Korn aus dem Sonderangebot für vier Euro fünfundsiebzig. Ich bin dann auch nicht so lange geblieben." Kurt hatte sich im Bett aufgesetzt und rieb sich die Schläfen. Man merkte, dass ihm das Verhör seiner Frau sehr unangenehm zu sein schien.

Aber Käthe blieb hartnäckig: „Ich hätte auch gar nicht mitkommen können. Meine Kopfschmerzen waren nachher so schlimm, dass ich früh ins Bett bin, erst hab ich zwei Kopfschmerztabletten genommen und später sogar noch eine Schlaftablette. Deshalb hab ich auch nicht mitbekommen, als du ins Bett bist. Aber wenn du schon so früh von Jan weg warst, wieso weißt du dann nicht, wann du nach Hause gekommen bist?"

„Wir sind von da noch zu Enno."

„Ach du je. Und das war dann eine seiner berüchtigten Druckbetankungen, wie er das immer nennt. Warum bist du denn da nur mit? Du weißt doch, wie es bei dem läuft, dem alten Suffkopp. Und dann lässt du deinen Onkel Jan ausgerechnet an seinem Fünfundsiebzigsten alleine? Das verstehe ich ja überhaupt nicht."

„Wieso, der war doch nicht alleine, da war doch noch der halbe Verein da."

„Aber ausgerechnet du musstest dann mit dem Suffkopp Enno weg! Wieso das denn?"

„Jan hatte beim Essen wieder mit dieser alten Grundstücksgeschichte angefangen. War nur gut, dass der Torsten nicht da war. Ich reg mich da bis heute noch drüber auf. Da hätte ich ihm vielleicht doch mal eine verpasst. Wenn ich nur an die Oltmanns denke, kommt es mir hoch. Die haben ja das Geld für teure Anwälte. Und wir gucken dann in die Röhre. Ich komm da bis heute nicht drüber weg, zumal mein Onkel uns das ja sogar vorab bereits hätte schenken wollen. Das hätte uns ganz schön gutgetan."

„Hätte, hätte, Fahrradkette. Mensch, Kurt, hör doch endlich mal auf, den alten Sachen nachzutrauern. Weg ist weg. So ist nun mal das Leben."

„Aber trotzdem, nur weil einer das Geld für teure Anwälte hat …"

„Du weißt doch, recht hat nicht der, der recht hat, sondern der, der recht behält."

„Das regt mich ja gerade so auf."

„Weißt du was, Kurt? Heute ist Sonntag. Am besten springst du jetzt erst einmal unter die Dusche und dann machst du eine Runde bis zum Strand und wieder zurück und joggst dir den Alk aus den Knochen."

Kurt wuchtete sich aus dem Bett und brauchte einen Moment, um sein Gleichgewicht zu finden.

„Oh Mann", kommentierte Käthe seine Bemühungen, „ich möchte gar nicht wissen, wie viel Flaschen ihr leer gemacht habt."

„Keinen blassen Dunst, aber nach Hause und in mein Bett gefunden habe ich ja offensichtlich noch", erwiderte Kurt grinsend und verschwand im Bad.

„Kannst dich nachher auf ein schönes Frühstück mit Ei und Granat freuen", rief ihm seine bessere Hälfte noch nach.

Die Dusche hatte ihm gutgetan. Wie nach dem Fußballtraining der alten Herren hatte er diese mit einer ausgiebigen Kaltwasserdusche beendet. Nachdem er sich seinen Jogginganzug angezogen hatte, stürzte er noch drei Gläser kaltes Leitungswasser in sich hinein. Dann überlegte er, große oder kleine Runde? Bei der großen Runde würde er etwa eine Stunde unterwegs sein. Diese würde ihn am Bahnhof vorbei über die Goldene Linie und die Deichstraße zur Schleuse in Harlesiel bringen. Da könnte er dann die Harle überqueren und sich überlegen, ob er noch ein Stück auf dem Deich am Strand entlang in Richtung Neuharlingersiel laufen sollte oder gleich am Kurzentrum, der Cliner Quelle und dem Museumshafen vorbei wieder nach Hause.

Er wollte schon zur Haustür raus, da rief seine Frau, die gerade auf dem Weg zum Bad war, ihm noch nach: „Vergiss dein Handy nicht. Du bist schließlich auch nicht mehr der Jüngste und wenn mal unterwegs was ist … gerade weil du gestern so viel getrunken hast."

Kurt ging noch mal in die Küche zurück, um sein Handy zu holen. „Bis dann", rief er in Richtung Bad, bevor er das Haus verließ.

Abgesehen von der Cliener Straat und der Bahnhofstraße, wo ihm ein paar Autos begegneten, schien er völlig allein auf der Straße zu sein. Man merkte, dass keine Saison war. Auch nachdem er die Harle überquert hatte, sah er kaum Menschen. Der Westwind blies ihm ganz schön ins Gesicht.

Wie damals beim Bund, bei der morgendlichen Alkoholverdunstungsstunde, dachte er bei sich und musste unwillkürlich grinsen. Ihm fiel sein alter Zugführer ein: „Bergedorf! Nicht so lahmarschig! Aufschließen! Wer saufen kann, der kann auch laufen!" Und schon legte er auch jetzt einen Zahn zu. Dafür sparte er sich aber wegen des Windes den Lauf auf der Deichkante in Richtung Neuharlingersiel. Stattdessen bog er gleich in Richtung Kurzentrum ab.

Bei der Cliner Quelle begegneten ihm zwei Autos, die wahrscheinlich zum Schwimmbad fuhren. Hier hätte ich mir jetzt doch auch ein Wasser holen können, dachte er, denn es klebte ihm die Zunge am Gaumen. Aber er hatte kein Geld eingesteckt. Ich hätte ja auch eine Wasserflasche mitnehmen können, schimpfte er mit sich selbst und machte etwas langsamer.

Als er bei den beiden Bänken an der Anlegestelle des historischen Segelkutters GEBRÜDER Carolinensiel ankam, musste er sich erst einmal setzen, um ein wenig zu verschnaufen. Ich werde doch alt, dachte er und sein Blick schweifte über den historischen Museumshafen. Auch hier kein Mensch weit und breit. Alle Lokale und Cafés waren um diese Zeit noch geschlossen und die meisten blieben es auch außerhalb der Saison den ganzen Tag.

Was liegt denn da Komisches bei dem Anleger im Wasser?, dachte er. Sieht fast aus wie ein Mensch, der mit dem Gesicht nach unten im Wasser liegt. Auf dem Rücken lief eine Möwe hin und her, die aber wegflog, als er aufstand, um die Treppe zu einem kleinen Bootsanleger, der sich neben der Anlegestelle des alten Segelkutters befand, hinunterzugehen. Kein Zweifel, das schien ein ziemlich großer Mann zu sein. Sein erster Gedanke war, ihn rauszuholen, vielleicht lebte er ja noch.

Dann fiel ihm aber ein, dass auf einem lebenden Körper die Möwe sicher nicht herumgelaufen wäre. Übelkeit erfasste ihn urplötzlich und er musste sich in das Hafenbecken übergeben. Ein furchtbarer Geschmack blieb ihm im Mund. Er war wie gelähmt. Schließlich sagte ihm aber sein Verstand, er musste jemanden verständigen. 110 oder 112? Wenn der tot ist, dann wohl doch die 110, ging es ihm durch den Kopf und er war froh, dass Käthe ihn noch daran erinnert hatte, sein Handy mitzunehmen.

„Hallo, bin ich da mit der Notrufzentrale der Polizei verbunden? Ich glaube, hier schwimmt eine männliche Leiche im Hafenbecken."

„Ja, sind Sie. Bitte nennen Sie Ihren Namen und den genauen Standort. Ich werde dann sofort eine Polizeistreife schicken."

„Okay, mein Name ist Kurt Bergedorf aus Carolinensiel. Ich befinde mich hier auf der Westseite des Museumshafens am Nationalpark-Haus. Es sieht so aus, als wenn sich eine Leiche am Anlegesteg des Segelkutters *GEBRÜDER Carolinensiel* verfangen hat. Der Leichnam liegt mit dem Gesicht im Wasser und ist ziemlich groß und bekleidet. Ich habe die im Wasser schwimmende Person gerade beim Joggen entdeckt."

„Herr Bergedorf, bleiben Sie einen Moment in der Leitung, ich muss noch Ihre genauen Personalien aufnehmen, werde aber inzwischen die entsprechenden Maßnahmen einleiten … So, Herr Bergedorf, schön, dass Sie gewartet haben. Geben Sie mir doch bitte noch Ihre genaue Anschrift und Ihre Telefonnummer, falls wir später noch Rückfragen haben."

Kurt machte die gewünschten Angaben.

„Das Einsatzfahrzeug ist bereits unterwegs zu Ihnen. Bitte warten Sie die Ankunft der Kollegen ab. Diese werden dann sicher auch noch ein paar Fragen an Sie haben. Vielen Dank erst einmal für Ihre Meldung."

Kaum hatte er das Telefonat mit der Meldezentrale der Polizei beendet, da hörte er bereits in der Ferne das Martinshorn, welches schnell näher zu kommen schien. Wahrscheinlich ein Einsatzwagen, der sich in der Nähe auf Streifenfahrt befunden hatte. Es dauerte nicht lange, bis ein Wagen der Polizei mit gespenstischem Blaulicht eintraf.

„Polizeiobermeister Bernd Guben und das ist meine Kollegin, Polizeiobermeisterin Silke Jansen. Haben Sie angerufen und einen Toten gemeldet?"

„Ja, mein Name ist Kurt Bergedorf. Ich habe hier beim Joggen vorhin eine männliche Leiche im Wasser gesehen. Jedenfalls sah das für mich so aus."

„Dann zeigen Sie uns doch bitte Ihren Fund."

Kurt führte die beiden Beamten die paar Schritte zu dem Bootsanleger des historischen Segelkutters. „Da", sagte er und zeigte auf den Toten, der sich an den über Kreuz angebrachten Stabilisierungsbrettern der beiden rechten Trägerbohlen verfangen hatte. Allerdings war der offizielle Zugang zu dem Anleger durch ein großes zweiflügeliges Holzgittertor versperrt.

„Silke, es hilft nichts, wir werden über die Einzäunung steigen müssen, um den Leichnam – zumindest provisorisch – bis zum Eintreffen des Einsatzkommandos sichern zu können. Nicht, dass der Leichnam am Ende noch abgetrieben wird."

Die Beamten sicherten die Leiche und bemühten sich, dabei so wenig Spuren wie möglich zu verwischen. Dann sperrten sie den Weg oberhalb des Anlegers in beiden Richtungen ab. Die Beamtin hatte inzwischen noch Verbindung mit der Einsatzzentrale aufgenommen und weitere Details durchgegeben.

„Das Einsatzkommando ist bereits unterwegs", sagte sie. Und zu Kurt gewandt: „Der Kommissar würde Sie gerne noch kurz sprechen, wenn Sie bitte noch so lange warten könnten."

„Es wird mir ja wohl kaum eine Wahl bleiben", resignierte dieser. „Aber ich müsste unbedingt mal etwas trinken, denn ich habe schon etliche Kilometer hinter mir. Außerdem würde ich gerne meine Frau anrufen und sie informieren, dass ich hier noch gebraucht werde, damit sie sich keine Sorgen macht."

„Tun Sie das", erwiderte Silke Jansen, „aber bitte keine Details von Ihrem Fund hier. Sagen Sie nur, dass Sie hier einen Toten gefunden haben und noch auf den Kriminalkommissar warten müssen." Dann ging Silke Jansen zu ihrem Einsatzfahrzeug und kam mit einer Flasche Wasser zurück. „Für Sie", sagte sie, als sie Kurt die Flasche reichte. „Haben Sie sich erbrochen?", wollte sie dann noch von ihm wissen.

„Ja", antwortete Kurt, „da vorne an dem Bootsanleger."

„Das habe ich mir schon fast gedacht", merkte die Beamtin mit einem Grinsen an. „Der Abend war wohl gestern etwas lang? Sie haben nämlich noch eine ganz schöne Fahne, wenn ich das mal so sagen darf."

„Stimmt. Habe mit einem Kumpel ganz schön einen gehoben. Sogar gar nicht weit von hier. Dahinten in einem der Häuser bei der Harle."

„Wohnen Sie da?", wollte Bernd Guben wissen, der inzwischen dazugekommen war.

„Nein, da wohnt ein Vereinskollege. Ich wohne in dieser Richtung, im Süden von Carolinensiel." Kurt zeigte auf die Lücke zwischen den Häuserzeilen am Ende des Hafens.

„Dann müssten Sie ja irgendwann in der Nacht hier vorbeigekommen sein. Haben Sie denn da nichts bemerkt?", wollte der Beamte wissen.

„Ich weiß ja noch nicht einmal, wann und wie ich nach Hause gekommen bin", erwiderte Kurt.

Bernd warf seiner Kollegin einen bedeutungsvollen Blick zu.

Kapitel 8

Es dauerte nicht lange, bis sich weitere Fahrzeuge der Polizei dem Anleger näherten. Auf einmal entstand hektische Betriebsamkeit. Die Einfahrt an der Kirchstraße zu der Gasse Pumphusen hatten die Beamten bereits gesperrt. Und am Hafen hatten sich mehrere Schaulustige eingefunden. Die Blaulichter der Einsatzfahrzeuge hatten sie wahrscheinlich angelockt.

Irgendjemand hatte das Gatter vom Anleger des historischen Segelkutters aufgeschlossen und die Leute von der Spurensicherung hatten den Toten geborgen, auf dem Anleger abgelegt und mit einem Tuch zugedeckt.

Kurt Bergedorf saß mitten in diesem Getriebe auf seiner Bank und nahm hin und wieder einen Schluck aus der Wasserflasche, die ihm die Polizistin gegeben hatte. Seine Frau hatte gerade auf seinem Handy angerufen und gefragt, wann er denn endlich käme. Sie wartete ja bereits die ganze Zeit mit dem Frühstück auf ihn. Kurt war hundeelend. Der Kater vom gestrigen Saufabend mit Enno machte sich bemerkbar und der entleerte Magen knurrte und rebellierte. Was hätte er jetzt für einen sauren Rollmops gegeben?

Auf einmal trat ein Mann auf ihn zu. „Kriminalkommissar Bert Linnig vom Polizeikommissariat Wittmund. Sie sind Herr Bergedorf und haben den Toten gefunden?"

„Ja."

„Meine Kollegen sagten mir, dass Sie heute Nacht dahinten in einem der Häuser mit einem Vereinskollegen kräftig einen getrunken hätten." Der Kommissar deutete in Richtung der Häuser, die das Westufer der Harle säumten. „Und da Sie, wie Sie gesagt haben, im Süden von Carolinensiel wohnen, müssten Sie doch in der Nacht hier vorbeigekommen sein. Ist Ihnen denn da gar nichts aufgefallen?"

„Ich hab es ja schon Ihren Kollegen gesagt, Herr Kommissar, Filmriss. Mir geht es übrigens im Moment wirklich nicht gut.

Ich müsste dringend mal was essen. Mir ist richtig flau im Magen. Und meine Frau wartet schon lange mit dem Frühstück auf mich. Sie hatte mich gerade, bevor Sie kamen, auf meinem Handy angerufen und gefragt, wie lange es denn noch dauert."

„Man sieht es Ihnen an, Herr Bergedorf. Das Glas muss wohl ganz tief gewesen sein, in das Sie hereingeschaut haben." Bert konnte sich ein Schmunzeln nicht verkneifen. „Ich werde gleich veranlassen, dass Sie von einem unserer Einsatzfahrzeuge nach Hause gefahren werden. Vorher habe ich aber noch ein paar Fragen. Wie heißt denn Ihr Kollege, mit dem Sie gestern so viele und so tiefe Gläser gezählt haben?"

„Gläser gezählt?" Auch Kurt musste jetzt grinsen. „Das war bei Enno Henke. Das ist ein Kollege aus unserem Fußballverein. Der spielt nicht mehr aktiv. Er ist in Frührente, aber kein Armer. Dem gehören hier etliche Häuser. Alles von seinen Eltern geerbt. Der braucht keine Rente vom Staat. Bei dem gibt es zum Charlie nur den allerbesten Cognac. Deswegen sind wir beide auch schon nach dem Essen von der Geburtstagsfeier von meinem Onkel weg. Bei dem gibt es nur den Arbeiter-Charlie mit Korn aus dem Sonderangebot für vier fünfundsiebzig", sprudelte es auf einmal aus Kurt heraus, der wohl darauf hoffte, dadurch möglichst schnell hier wegzukommen.

„Okay. Um wie viel Uhr war das?"

„Hab nicht auf die Uhr geschaut, vielleicht so gegen neun."

„Sind Sie dann hier auch zu Fuß vorbeigekommen?"

„Ja, aber da ist mir nichts aufgefallen. Hab allerdings auch nicht darauf geachtet. Wir haben uns unterhalten. Hätte sogar sein können, dass der Tote da schon gelegen hat. Bemerkt haben wir aber nichts, sonst hätten wir Sie ja auch schon gestern verständigt."

„Verstehe. Ich brauche noch die genaue Anschrift von Ihrem Vereinskollegen und auch von Ihrem Onkel." Bert notierte sich die Angaben. „Der Tote heißt übrigens Torsten Oltmann, kennen Sie den?"

„Ach du Scheiße! Der Torsten?! ... Ja, das ist der Trainer unserer E-Jugend." In Kurt stritten zwei Seelen. Einerseits war er stinkesauer auf die Oltmanns und er empfand sogar fast so etwas wie Genugtuung. Endlich mal so was wie Gerechtigkeit. Andererseits ging es um einen Vereinskollegen. Aber auch Enno würde einem Oltmann keine Träne nachweinen. Schließlich hatte ihn der alte Oltmann seinerzeit wegen Sauferei als Heizungsmonteur gefeuert. Seitdem hatte Enno keinen Job mehr in der Gegend gefunden.

Bert beobachtete aufmerksam das Minenspiel im Gesicht von Kurt Bergedorf. Dann sagte er: „Sie können den Toten doch sicher identifizieren?"

„Also, Herr Kommissar, ein Toter im Wasser reicht mir eigentlich auf nüchternen Magen. Wie gesagt, mir ist ja so schon ganz flau."

„Mir wäre schon wichtig, dass Sie wenigstens mal einen kurzen Blick auf sein Gesicht werfen."

„Okay. Aber danach würde ich doch gerne von Ihrem Angebot Gebrauch machen und mich ganz schnell nach Hause fahren lassen."

„Das kriegen wir hin." Bert führte ihn daraufhin zum Anleger, auf dem der Tote abgedeckt lag. Die Beamten warteten noch auf den Rechtsmediziner.

Ein Uniformierter hob das Tuch an und Kurt konnte einen Blick auf das Gesicht des Toten werfen.

„Das ist Torsten", sagte er und drehte sich zu dem Kommissar um. „Gar keinen Zweifel. Er ist es. Kann ich dann jetzt zu meiner Frau?"

„Sie können." Bert veranlasste das Entsprechende und verabschiedete sich von Kurt: „Herr Bergedorf, wir werden noch mal auf Sie zukommen, wenn wir noch Fragen haben. Dann wünsche ich Ihnen jetzt trotzdem einen guten Appetit."

„Den werd ich haben", erwiderte Kurt und ein Lächeln ging über sein Gesicht. Dann folgte er dem uniformierten Beamten zu dessen Wagen.

Merkwürdige Antwort, dachte Bert bei sich. Die ganze Reaktion war irgendwie merkwürdig gewesen, nachdem er den Namen des Toten genannt hatte. Der Rechtsmediziner war inzwischen eingetroffen und riss Bert aus seinen Gedanken.

Kapitel 9

Es klingelte an der Haustür. Wibke hatte den Wagen ihres Vaters bereits in der Garageneinfahrt gehört. Sie eilte an die Tür und war sehr erstaunt, als dort ihr Vater mit einem fremden Mann stand. Die beiden schienen sich zufällig vor ihrer Tür getroffen zu haben und waren gerade dabei, sich bekannt zu machen. Da bekam sie gerade noch mit, wie der fremde Mann zu ihrem Vater sagte: „Kriminalkommissar Bert Linnig vom Polizeikommissariat Wittmund."

„Ist etwas mit meinem Mann?", fragte Wibke sofort.

„Sie sind Frau Oltmann? Könnte ich kurz hereinkommen?"

„Ja, natürlich", sagte Wibke und ihre Besorgnis schien sie jetzt förmlich zu erdrücken. Sie hatte das Gefühl, einen dicken Kloß im Hals zu haben. Sie führte den Kommissar und ihren Vater ins Wohnzimmer und ließ beide Platz nehmen.

„Frau Oltmann, ich habe leider eine sehr schlimme Nachricht für Sie", versuchte Bert sie vorzubereiten. „Ja, es ist etwas passiert. Ihr Mann wurde heute Morgen tot im Museumshafen aufgefunden. Genaueres zu den Umständen, die zum Tod geführt haben, kann ich Ihnen leider noch nicht sagen. Dazu müssen wir erst das Ergebnis der Autopsie abwarten. Aber es deutet jetzt bereits einiges auf äußere Gewaltanwendung hin."

„Und da besteht kein Zweifel, dass es sich bei dem Toten um unseren Torsten handelt?", wollte Wibkes Vater wissen.

„Kein Zweifel, er hatte seinen Ausweis in der Tasche", erwiderte der Kommissar. „Und außerdem kannte ihn der Jogger, der ihn gefunden hatte, persönlich. Er sei ein Vereinskollege."

„Wie hieß denn der Jogger?", wollte Karl Bruns wissen.

„Das darf ich Ihnen im Moment aus ermittlungstaktischen Gründen noch nicht sagen", gab Bert zur Antwort.

Wibke saß da, mit versteinertem Gesichtsausdruck. Sie war unfähig, einen klaren Gedanken zu fassen, geschweige denn, diese fürchterliche Nachricht in ihrer Tragweite zu realisieren.

Auch ihre Tränendrüsen schienen wie ausgetrocknet. Keine einzige Träne rann ihr aus den weit aufgerissenen Augen. Das tiefe Blau in ihren Augen erschien wie zwei tote Höhlen. Ihr Vater hatte sich zu ihr auf die Couch gesetzt und seine Tochter tröstend in den Arm genommen.

Der Kommissar hatte bei der Überbringung solcher Nachrichten schon viel in seiner beruflichen Laufbahn erlebt, Tobsuchtsanfälle, Schreikrämpfe, nicht versiegen wollende Tränenflüsse. Aber kaum eine Reaktion wie diese hier. Dies war in seinen Augen doch sehr ungewöhnlich. Zumal bei einer so jungen betroffenen Ehefrau, die sich gerade noch an der Haustür so besorgt gezeigt hatte und die jetzt aus heiterem Himmel von ihm hatte erfahren müssen, dass sie zur Witwe und ihr Sohn zum Halbwaisen geworden war.

„Sollen wir vielleicht einen Arzt für Ihre Tochter anfordern?", fragte er Wibkes Vater.

„Ich kümmere mich um meine Tochter und werde gleich meine Frau verständigen. Vielen Dank. Brauchen Sie noch irgendetwas von uns?"

„Ja, ich hätte noch einige sehr wichtige Fragen an Ihre Tochter. Wann und wohin ihr Mann gestern das Haus verlassen hat. Wann sie ihn zuletzt gesehen hat."

Mit versteinerter Miene – scheinbar ohne jede Gefühlsregung – antwortete Wibke: „Wann mein Mann aus dem Haus gegangen ist, weiß ich nicht. Ich selbst bin seit gestern Nachmittag bis gestern Abend gegen zweiundzwanzig Uhr bei meinen Eltern gewesen. Bevor ich zu meinen Eltern gefahren bin, habe ich meinen Mann zuletzt gesehen. So gegen dreiundzwanzig Uhr habe ich mich dann mit dem Fahrrad auf den Weg gemacht, um meinen Mann zu suchen. Ich bin zur Stechuhr am Museumshafen gefahren, weil er sich da schon mal mit Freunden trifft. Als ich dahin kam, war Nancy, die Wirtin, gerade dabei abzuschließen. Sie hat mir dann gesagt, dass Torsten sich längere Zeit mit Katja Schmitz an der Theke über die Fußballförderung ihres Sohnes unterhalten hätte. Beide wären erst kurz vor meiner Ankunft aus dem Lokal raus und hätten wohl beide nach Hause gewollt. Dann hätte Torsten mir aber eigentlich begegnen müssen. Ist er aber nicht. Vielleicht ist er aber auch noch bei dieser Katja Schmitz gewesen. Jedenfalls bin ich dann wieder nach Hause geradelt. Was hätte ich sonst auch mitten in der Nacht noch tun können?"

„Gut, Frau Oltmann, das soll mir erst einmal genügen. Bitte lassen Sie die Sachen Ihres Mannes unangetastet. Es werden später noch ein paar Kollegen von der Spurensicherung kommen und sich die Sachen anschauen. Vielleicht finden wir irgendwelche Hinweise. Und vielleicht sollten wir doch mal einen Arzt für Sie kommen lassen."

Wibkes Vater war gerade in das Wohnzimmer zurückgekommen. „Ich habe mit meiner Frau telefoniert, Herr Kommissar, sie hat bereits unseren Hausarzt verständigt und auch den Pastor. Außerdem wird sie auch gleich hier sein. Es muss sich nachher ja auch jemand um unseren Enkel kümmern, wenn der um elf Uhr von einem Freund zurückkommt."

Es dauerte nicht lange, nachdem der Kommissar gegangen war, dann kam endlich Wibkes Mutter, ihre engste Vertraute.

„Der Pastor wird auch gleich kommen", sagte sie zu ihrem Mann, der ihr die Tür aufgemacht hatte. „Und Ole bleibt bis heute Abend noch bei seinem Freund. Habe noch kurz mit seinen Eltern gesprochen, die wissen jetzt auch Bescheid."

Dann eilte sie zu Wibke ins Wohnzimmer, um ihre geliebte Tochter in die Arme zu schließen und zu trösten. Bei Wibke schienen sich jetzt sämtliche Schleusen geöffnet zu haben. Sie begann herzzerreißend zu schluchzen und die Tränen schossen ihr in Sturzbächen aus den Augen. Die ganze Verkrampfung von vorhin schien sich mit einem Mal gelöst zu haben. Der Vater ließ die beiden Frauen alleine im Wohnzimmer und verzog sich in die Küche, um auf den Pastor und den Arzt zu warten. Nach einer knappen halben Stunde kam der Arzt. Er war noch bei Wibke im Wohnzimmer und hatte ihr gerade eine Beruhigungsspritze gegeben, dann kam auch der Pastor, der vorher noch einen Gottesdienst gehalten hatte.

„Moin, Herr Pastor", sagte der Arzt, „das sind so Sonntage, die einem der liebe Herrgott eigentlich ersparen müsste."

„Moin, Herr Doktor, es geht aber dabei nicht immer nach unseren Wünschen."

„Ja, da haben Sie leider recht. Wir beide müssen das ja immer wieder erleben und sind dann gerade in solchen Situationen gefragt. Aber das gehört nun mal zu unserem Job dazu. Ich habe Wibke eine Beruhigungsspritze gegeben. Sicher wollen Sie mit ihr alleine sprechen. Und für mich gibt es hier im Moment wohl nichts weiter zu tun." Der Arzt verabschiedete sich auch noch von Wibkes Eltern und verließ dann das Haus.

Der Pastor hatte Wibke schon konfirmiert und auch die Trauung mit Torsten vollzogen. Das waren selbst für ihn als Kirchendiener Momente, wo ihm der Wille des Herrn manchmal Rätsel aufgab. Dass er in einigen Tagen für diesen jungen Ehemann und Vater bereits den Trauergottesdienst und die Aussegnung am Grabe würde vollziehen müssen, ging auch an ihm nicht spurlos vorbei. Und dann diese sympathische junge Ehefrau und Mutter. Gerade Mitte dreißig und schon auf so brutale Weise zur Witwe und alleinerziehenden Mutter gemacht. Da fielen selbst ihm die tröstenden Worte aus der Bibel schwer.

Nachdem er eine ganze Weile mit der jungen Frau alleine gesprochen und mit ihr gebetet hatte, holte er auch ihre Eltern zu einem gemeinsamen Gespräch und Gebet ins Wohnzimmer. Es gab ja noch eine ganze Menge zu regeln und zu besprechen. Ein Bestatter musste informiert werden. Eine Situation, in der für die unmittelbar Betroffenen die Zeit stehen zu bleiben scheint. So, als würde jemand die Uhr anhalten. Und nichts würde mehr so sein, wie es war, wenn sie wieder beginnt, im alten Takt zu ticken.

Kapitel 10

Die Telefondrähte liefen an diesem Sonntag in Carolinensiel-Harlesiel zwischen den Vereinsmitgliedern des VfB heiß. Jedenfalls bildlich gesprochen, denn die meisten Informationen, insbesondere unter den Jüngeren, wurden natürlich übers Handy und per SMS ausgetauscht. Auf jeden Fall hatte es sich wie ein Lauffeuer verbreitet, dass der Trainer der E-Jugend, Torsten Oltmann, wahrscheinlich ermordet worden war und dass man ihn an diesem Sonntagmorgen im Hafenbecken des Museumshafens tot aufgefunden hatte. Wie es in solchen Fällen immer war, wusste jeder dann noch etwas mehr als der andere. Und am Schluss wusste niemand mehr, was von den ganzen Informationen Wahrheit, was Erfindung und was Gerücht war. Aber es war bittere Realität, dass die von allen gemochte Wibke Oltmann zur Witwe geworden war.

Anlass für die Trainerin der Damenturnriege, ihre Mädels, außer Wibke natürlich, zusammenzurufen. Und so trafen die jungen Frauen, die es irgendwie hatten einrichten können, gegen sechszehn Uhr bei ihrer Trainerin Enna Gerdes ein. Da die meisten verheiratet und zum Teil auch selbst Mütter waren, saßen jetzt nur fünf der Turnerinnen mit betretenen Gesichtern schweigend vor ihren Teetassen. Anne Jahns, der engsten Freundin von Wibke, liefen die Tränen herunter und sie wischte sich verstohlen mit dem Taschentuch die Augen.

„Anne, du brauchst deine Tränen nicht zu verstecken, uns allen ist zum Heulen zumute. Wibke tut uns so unendlich leid. So früh den geliebten Mann und Vater ihres Sohnes zu verlieren, das ist schon schlimm. Und dann noch auf so furchtbare Art und Weise. So ein Verbrechen. Und das hier in unserem beschaulichen Kurort, wo eigentlich Feriengäste ihre Erholung finden wollen." Enna musste sich selbst bei ihren Worten ein paar Tränen aus den Augen wischen.

„Aber das Leben geht weiter, so bitter das auch für Wibke und ihre Familie ist", fuhr Enna dann fort. „Auf jeden Fall braucht sie jetzt unsere ganze Unterstützung und Hilfe." Die jungen Frauen nickten zustimmend.

„Ich habe vorhin telefonisch ihre Mutter erreichen können. Die hatte sich gerade ein paar Sachen von zu Hause geholt, weil sie für die nächsten Tage bei Wibke im Haus bleiben wird. Ole ist noch bei seinem Freund Kai Drees, den wollten sie noch bis heute Abend dabehalten. Denn das Kind weiß ja noch gar nicht, dass sein Papa tot ist. Natürlich werdet ihr sicher alle der Wibke euer Beileid aussprechen wollen und da will ich auch keiner von euch Vorschriften machen. Allerdings hatte ihre Mutter vorgeschlagen, dass nicht alle einzeln zu Wibke gehen, das würde sie im Moment sicher überfordern. Stattdessen sollten dann vielleicht Anne als ihre engste Freundin und ich als ihre Trainerin das stellvertretend für euch alle übernehmen."

Alle nickten stumm. Auch das sonst übliche Geschnatter nach offiziellen Worten der Trainerin blieb heute aus. Nur Nehle Ott stellte laut die Frage, die vielleicht nicht nur ihr auf der Seele brannte.

„Ich habe gehört, dass der Torsten noch den ganzen Abend mit der Katja Schmitz in der Stechuhr gewesen sein soll. Und mein Mann hat die beiden sogar draußen vor der Tür stehen sehen, wo Katja eine geraucht hat. Er kam gerade von der Geburtstagsfeier bei Jan Grube. Die beiden schienen ihn aber nicht bemerkt zu haben, weil die so ins Gespräch vertieft waren. Darum hat er sich auch nicht bemerkbar gemacht."

„Ja, das habe ich auch gehört", sagte Karin Lanz. „Möchte auch mal wissen, ob die Katja was damit zu tun hat. Die ist zwar immer nett und auch sehr hilfsbereit, aber irgendwie habe ich bei der immer ein komisches Gefühl. Ich hatte auch schon mal den Verdacht, dass sie versucht hat, sich an meinen Gerrit heranzumachen. Gerrit hat das zwar bestritten, aber für mich klang das eher so, als wenn er nur keinen Ärger mit mir haben wollte."

„Ich hab auch schon so etwas gehört", meldete sich Uta Heinzel zu Wort. „Mir hat jemand sogar erzählt, dass man einen Ehemann aus dem Verein, mitten in der Nacht, mal bei Katja aus dem Haus hätte kommen sehen. Da ich das selbst aber nicht gesehen habe und daher nicht weiß, ob es wirklich stimmt, will ich da auch keinen Namen nennen."

„Genau das Gleiche habe ich auch gehört", sagte Ulrike Jordan, „aber glaubt mir, die Person, die das beobachtet hat, kenne ich persönlich sehr gut. Ihr könnt also davon ausgehen, dass die Aussage so stimmt. Was derjenige allerdings tatsächlich bei Katja gewollt hat und ob er nicht vielleicht auch bei ihrem Mann, dem Gerd, gewesen ist, das weiß ich natürlich auch nicht. Daher nenne auch ich lieber keinen Namen. Man will ja schließlich niemanden zu Unrecht beschuldigen."

„Aber es ist doch schon sehr merkwürdig, dass jede von uns aus dieser Runde schon von so etwas im Zusammenhang mit der Katja Schmitz gehört hat", sagte Enna. „Und ich muss sagen, ich hab sie ja erlebt, als wir mal eine Grundreinigung der Toiletten vorgenommen haben, da war sie mir schon fast eine Idee zu engagiert. Also für mein Gefühl war das nicht so ganz echt. Es wirkte für mich irgendwie aufgesetzt. Und das hat jetzt alles nichts unmittelbar mit euren Gerüchten zu tun. Das sagt mir ganz einfach meine Lebenserfahrung und mein Bauchgefühl. Aber da muss sich jeder seine eigene Meinung bilden. Und letztlich helfen unserer armen Wibke auch keine Spekulationen und Gerüchte weiter. Sie kann einem nur wirklich leidtun. Und wir wollen alles tun, um ihr beizustehen."

Bis auf Anne tranken die anderen recht bald ihren Tee aus und verabschiedeten sich still. Enna und Anne saßen zunächst auch noch eine ganze Weile stumm zusammen. Jede musste erst einmal für sich diese schlimme Nachricht verarbeiten.

„Es ist wie ein Alptraum, ich kann es immer noch nicht glauben", brach Anne schließlich das Schweigen. „Torsten war doch bei allen so beliebt. Wer tut denn so etwas?"

„Das ist auch für mich unbegreiflich, Anne. Auch ich kann es nicht fassen. Und so etwas hier bei uns. Hier leben doch keine Schwerverbrecher, denen man so etwas zutrauen würde.

Ausgerechnet hier in unserem beschaulichen Caro. Da kann man nur hoffen, dass sich das möglichst schnell aufklären wird. Wann bist du denn morgen von der Arbeit wieder zu Hause? Damit wir uns mal abstimmen können, wann wir zur Wibke gehen."

„Normal ab halb fünf, nach Büroschluss", antwortete Anne.

„Gut, dann hole ich dich morgen gegen fünf Uhr ab und wir fahren dann zu Wibke. Sollte sich am Termin etwas ändern, hinterlasse ich dir eine Nachricht auf deinem Anrufbeantworter."

Kapitel 11

In der Stechuhr herrschte Hochbetrieb, fast wie in der Hauptsaison. Die Theke wurde heute Abend nur von männlichen Vereinsmitgliedern des VfB umlagert. Und natürlich gab es nur ein Thema.

„Nancy, komm, erzähl doch mal, wie das gestern mit Torsten und Katja war", wurde die Wirtin von allen Seiten bedrängt.

„Ja, ich weiß gar nicht, ob ich darüber überhaupt so reden darf. Die Polizei war ja schon bei mir und hat sich das alles von mir angehört. Allerdings hat mir der Beamte auch nicht verboten darüber zu reden. Na, und bevor sich jetzt irgendwelche falschen Gerüchte verbreiten, erzähle ich euch die Geschichte lieber auch noch einmal."

Nancy wiederholte im Wesentlichen ihre Geschichte, die sie in der Nacht auch schon der Wibke und später dem Kommissar erzählt hatte.

„Aber das heißt dann doch noch lange nicht, dass Torsten und Katja auch sofort getrennt nach Hause gegangen sind", rief einer der Gäste von einem der Tische. „Wer weiß, was die danach zusammen getrieben haben."

„Genau", sagte Peter Ott. „Auf jeden Fall habe ich die beiden gestern, als ich von Jans Geburtstagsfeier kam, hier draußen beim Rauchen zusammenstehen sehen. Die waren so in ihr Gespräch vertieft, dass die mich überhaupt nicht bemerkt haben. Erst wollte ich noch zu Torsten auf einen kleinen Schnack und ein Bierchen gehen. Aber irgendwie hatte ich das Gefühl, dass die beiden bei ihrem intimen Date nicht gestört werden wollten. Da habe ich das lieber gelassen."

„Also Pit", meldete sich Nancy noch mal zu Wort, „typisch Männer! Wenn ihr einen anderen Mann mit einer halbwegs attraktiven Frau sprechen seht, dann habt ihr wohl immer nur noch das eine im Sinn! Und zu einem vernünftigen klaren Gedanken seid ihr dann offensichtlich überhaupt nicht mehr fähig. Auch wenn es euch eigentlich einen Scheißdreck angeht, über was sich Torsten und Katja den ganzen Abend unterhalten haben, sage ich es hier noch einmal für euch alle zum Mitschreiben! Es ging den ganzen Abend bei dem Gespräch der beiden nur um ein einziges Thema, nämlich die Fußballförderung von Katjas Sohn Karsten aus der E-Jugend. Dass Karsten ein besonderes Fußballtalent hat, könnt ihr ja schon aus euren Spielergebnissen ablesen, seit der bei euch im Verein mitspielt, oder? Und die Katja war nach meiner Beobachtung dabei nicht scharf auf den Torsten, sondern einzig und allein auf die optimale Förderung von ihrem Bengel. Am liebsten hätte sie den schon in einem Auswahlkader für die deutsche Nationalelf gesehen."

Einen Moment herrschte betretenes Schweigen. Bis einer in den Raum rief: „Nancy, du magst ja mit deiner Beobachtung hier in deinem Lokal und an deiner Theke durchaus recht haben. Aber hast du die beiden auch nach Hause begleitet?"

„Natürlich nicht", antwortete Nancy, „schließlich hatte ich hier noch zu tun, bevor ich abschließen konnte. Und seit wann ist die Wirtin denn auch noch die Amme für ihre Gäste? Reicht ja schon, wenn ich manchem hier an der Theke – nach einigen Bier und Korn – die Beichte abnehme, oder?"

Einige Gäste konnten sich trotz der ernsten Lage einen Lacher nicht verkneifen.

„Aber so wie der ganze Abend zwischen den beiden abgelaufen ist, hatte ich absolut nicht den Eindruck, dass die anschließend zusammen ins Bett gehen wollten. Und ihr könnt mir als erfahrene Wirtin schon glauben, dafür entwickelt man im Laufe der Jahre schon fast so etwas wie einen siebten Sinn."

„Na, das klingt ja jetzt fast so, als wenn Katja die Unschuld vom Lande wäre, dabei kann ich euch definitiv sagen, dass ich sogar schon jemand aus unserem Verein nachts bei ihr habe aus dem Haus kommen sehen. Aber ich werde hier keinen Namen nennen und mir die Zunge verbrennen", warf Klaus Jordan in die Runde.

„Und wenn schon. Was beweist das schon?", entgegnete Nancy, die versuchte, die aufgeheizte Stimmung wieder abzukühlen. „Das heißt doch noch lange nicht, dass Torsten in der letzten Nacht auch bei ihr gewesen ist."

„Da hast du wohl recht, Nancy", meldete sich ein anderer Gast von einem der Tische, „aber ich bin gestern Nacht auch an dem Haus von den Schmitz vorbeigekommen. Also entweder hat sich der Gerd da gerade einen Pornostreifen reingezogen, was ich aber nicht glaube, denn sein Auto stand nicht auf dem Parkplatz vor dem Haus, oder da lief eine ganz heiße Nummer mit der Katja ab. Jedenfalls stand im Wohnzimmer das Fenster auf Kippe und im Raum konnte man gedämpftes Licht wahrnehmen. Ich habe mich da schleunigst vom Acker gemacht, denn so oder so, es war mir irgendwie unangenehm und peinlich, zumindest Ohrenzeuge von so etwas zu sein."

Danach brach die Hölle los. Es schien dann schließlich so, als wenn sich zwei Lager bilden würden. Die einen, die sich fast sicher waren, dass Torsten noch mit zu Katja Schmitz gegangen war, und die anderen, die davon überzeugt waren, dass dem Torsten so etwas nie und nimmer zuzutrauen wäre. Schließlich hätte der doch schon so manch andere Gelegenheit gehabt und nicht genutzt. Und außerdem würde man sich als jahrelange enge Freunde doch – gerade auch, was so etwas anging – am besten kennen. Die Diskussion war in vollem Gang, als Otto Gahm hereinkam. Er war eines der Ehrenmitglieder im Verein und war auch einer von denen gewesen, die in dieser Nacht von Jan Grubes Geburtstagsfeier nach Hause unterwegs gewesen waren. Otto war ein bedächtiger und honoriger Mann, dem man im Verein auch heute noch mit Respekt begegnete. Er hörte sich die Diskussion eine Weile an. Dann sagte er in seiner ruhigen Art: „Ich bin auch an dem Haus vorbeigekommen. Was die beiden in der Wohnung getrieben haben, das weiß ich nicht. Aber zusammen reingegangen sind sie auf jeden Fall. Und in der Beleuchtung des Hauseingangs konnte man die beiden auch sehr gut erkennen. Also, da habe ich mich nicht geirrt. Und sehen kann ich, trotz meiner achtzig Jahre, auch noch ganz gut."

Für einen Moment herrschte eisiges Schweigen zwischen den beiden Lagern. Aber es war wie die Ruhe vor dem Sturm. Dann setzte die Diskussion erneut ein. Von der einen Seite, weil man sich jetzt in seiner Vermutung bestätigt sah, und von der anderen Seite, weil man entsetzt war, sich derart geirrt zu haben. Und dann kam man noch mal auf die Aussage von Klaus Jordan zurück, der vorgegeben hatte, dass er schon mal jemanden aus dem Verein zu vorgerückter Stunde aus dem Haus von Katja Schmitz hätte kommen sehen. Jetzt wollte man von ihm den Namen wissen.

Aber Klaus blieb standhaft: „Ich werde hier keinen Namen nennen und wenn ihr mich noch so bedrängt. Schließlich habe ich denjenigen dort ja nur zu vorgerückter Stunde aus dem Haus kommen sehen. Es könnte doch auch sein, dass er gar nicht bei Katja, sondern bei ihrem Mann, dem Gerd, gewesen ist. Dann bin ich nachher der Dumme."

„Dann hättest du das wohl besser von vornherein für dich behalten!", sagte die Wirtin mit ärgerlichem Gesichtsausdruck.

„Ich glaube, Nancy, dass du recht hast. Ich hätte mir besser auf die Zunge beißen und die Klappe halten sollen."

Schließlich meldete sich Gerrit Lanz zu Wort: „Ich glaube, ihr könntet euch die ganzen Spekulationen über Katja Schmitz wirklich sparen, wenn ihr euch nur mal im Internet schlaumachen würdet."

Das schlug ein wie eine Bombe und Gerrit wurde von allen Seiten bedrängt, doch mal zu erklären, was er denn genau meinte.

„Na ja", sagte er, „ihr braucht nur mal ihren Namen zu googeln und auf bestimmte Blogs im Zusammenhang mit dem Karnevalsverein Kerpen zu gehen. Dann würdet ihr dort finden, dass sie, natürlich anonym, angeprangert wird, mit einigen männlichen Vereinsmitgliedern Verhältnisse unterhalten zu haben."

„Und was beweist das, Gerrit?" Nancy wurde langsam wirklich ärgerlich. „Wir wissen doch alle, wie solche anonymen Blogs ablaufen. Durch so etwas wurden sogar schon Menschen in den Selbstmord getrieben!"

„Ich glaube, Nancy, dass du auch damit recht hast", räumte der Angesprochene kleinlaut ein. „Vielleicht ist das da auch nicht viel anders als hier in unseren Diskussionen. Mit im Bett gelegen hat bestimmt keiner von den Bloggern. Also letztendlich alles nur Mutmaßungen und Gerüchte. Und auch wenn jemand bei ihr aus dem Haus kommt, heißt das doch noch lange nicht, dass er auch mit ihr im Bett gewesen sein muss. Wobei ich persönlich allerdings trotzdem der Meinung bin, dass die Wahrscheinlichkeit hier doch eher dafürsprechen dürfte."

Zustimmendes Nicken zeigte, dass die meisten wohl die gleiche Vermutung hatten. Und so war diese Information jetzt für einige erst recht Wasser auf die Mühlen. Und schließlich begannen sich, sicher auch mit steigendem Alkoholpegel, die Konturen zwischen festgestellten Tatsachen, Schluss- folgerungen und reinen Spekulationen mehr und mehr zu verwischen. Der Geräuschpegel hatte bereits schmerzhafte Dimensionen angenommen und Nancy und ihre Aushilfe kamen kaum noch bei den Bestellungen nach. Einige schienen auch schon vergessen zu haben, dass morgen Montag und damit für die meisten Arbeitstag war. Sie waren schon von Bier auf Charlie umgestiegen.

Plötzlich stand Jan Drees, der Vereinsvorsitzende, in der Tür. Jan war eine respektable Persönlichkeit. Er war selbst kurze Zeit bis zu seinem unglücklichen Achillessehnenriss, der wohl auch noch falsch behandelt worden war, Bundesligakicker bei Werder Bremen gewesen. Jans Worte hatten nicht nur aufgrund seiner unbestrittenen fachlichen Kompetenz ein starkes Gewicht im Verein. Auch als Unternehmer war er sehr erfolgreich und wusste sich bei seinen Mitarbeitern und auch im Verein durchzusetzen und Respekt zu verschaffen. Dabei blieb er aber immer fairer Sportsmann. Und jetzt stand er mit seiner sportlichen Figur in der Eingangstür des Lokals und sein Gesichtsausdruck verhieß nichts Gutes. Auf einmal war es mucksmäuschenstill im Lokal. Man hätte eine Stecknadel fallen hören können. Es herrschte betretenes Schweigen. Irgendjemand musste ihn verständigt haben, denn normalerweise ließ sich Jan so gut wie nie bei solchen oder ähnlichen Zusammenkünften im Lokal blicken. Er schloss die Tür hinter sich und trat an die Theke, wo ihm sofort Platz gemacht wurde.

„Leute, Leute, es ist ja schon schlimm genug, dass aus unserem Verein ein lieber Freund und Trainerkollege, Ehemann und Vater auf so tragische Weise aus dem Leben scheidet. Und ich denke, wir alle trauern mit Wibke und ihrer ganzen Familie um Torsten. Aber das, was hier gerade abläuft, das ist unserem Verein absolut nicht würdig. Ich halte es euch allen aber zugute, dass ihr durch die tragischen Ereignisse regelrecht überrollt worden seid und wahrscheinlich alle etwas neben euch steht. Lasst uns alle einen Moment in uns gehen und für unseren lieben Freund und Kollegen Torsten eine Minute des Gedenkens einlegen."

Auch nach der Gedenkminute herrschte weiter betretenes Schweigen. Jan ergriff daraufhin nochmals das Wort: „Liebe Leute, wie mir zugetragen wurde und wie ich vorhin auch aus einigen Sätzen aufschnappen konnte, haben einige von euch wohl Beobachtungen gemacht, die sicher für die Aufklärungsarbeit der Kriminalpolizei von Wichtigkeit sein könnten. Ich würde euch daher bitten, das nicht hier am Kneipentresen zu diskutieren, sondern euch damit an die Polizeidienststelle in Wittmund zu wenden. Die Telefonnummer findet ihr im Telefonbuch beziehungsweise im Internet. Zuständig ist Kriminalhauptkommissar Bert Linnig. So, ich glaube, dass es für euch alle besser ist, wenn ihr zu euren Frauen und Familien nach Hause geht. Wir müssen jetzt alle zusammenstehen und uns gegenseitig stützen. Ich danke euch und wünsche euch einen guten Heimweg."

Dann ging Jan noch kurz mit Nancy in die Küche.

„Vielen Dank, Nancy, dass du mich angerufen hast. Es tut mir leid, wenn ich dir jetzt das Geschäft vermasselt habe, aber ich glaube, hier begann sich etwas zu entwickeln, was für uns alle nicht gut ist."

„Alles gut, Jan. Ich bin dir ja sogar sehr dankbar, dass du so schnell gekommen bist. Auf so ein Geschäft möchte ich gerne verzichten. Ich hatte schon die Befürchtung, dass das noch mit einer Prügelei endet. Da sind wohl auch schon andere Männer aus dem Verein im Zusammenhang mit der Katja Schmitz gesehen worden. Auch wenn noch keine Namen genannt worden sind, hätte das aber die Lunte am Pulverfass sein können. Wer weiß, was dann passiert wäre?"

Kapitel 12

Lagebesprechung im Polizeikommissariat Wittmund. Kommissar Bert Linnig hatte sein Team um sich versammelt. Sein eigentlicher Dienstrang war Kriminalhauptkommissar, aber er selbst legte nicht so viel Wert auf das Lametta, wie er das nannte. Und nach seiner Meinung konnten die meisten Leute mit den unterschiedlichen Amtsbezeichnungen ohnehin nichts anfangen. Die würden doch aus dem Fernsehen sowieso nur den Kommissar oder den Inspektor kennen. Mit seinen Anfang fünfzig und über dreißig Jahren Polizeidienst hatte die Zeit auch schon so manche Spur bei ihm hinterlassen. Über seinem rechten Wangenknochen zog sich eine deutliche Narbe, die aussah wie ein Schmiss aus einer studentischen Mensur. Allerdings war das stattdessen das Ergebnis einer Auseinandersetzung mit einem Messerstecher zu Beginn seiner Polizeikarriere gewesen. Seine muskulöse, stattliche Figur, seine ausgeprägten Züge, sein glatt rasierter Schädel mit dem bereits leicht ergrauten Dreitagebart und sein stechender Blick verliehen ihm fast etwas Verwegenes. Jedenfalls spürte jeder, der es mit ihm zu tun bekam, dass er meinte, was er sagte, und das auch bedingungslos in die Tat umsetzte. Dabei galt er sowohl im Kollegenkreis als auch bei seinem Team als ausgesprochen fair. Allerdings verlangte er von sich selbst und seinem Team sehr viel. Kaum verwunderlich, dass dabei auch seine Ehe schon vor Jahren auf der Strecke geblieben war.

„So, Leute, kommen wir zur Sache. Es wartet viel Arbeit auf uns."

Augenblicklich trat Ruhe ein. Nur Polizeiobermeisterin Silke Jansen klapperte noch mit ihrem Löffel im Kaffee herum. Ein Blick ihres Chefs genügte aber, und sie legte ihn etwas verlegen neben die Tasse.

„Nina, die ja gestern in Carolinensiel nicht dabei war, habe ich vorhin schon einmal grob informiert."

Die angesprochene Kriminalkommissarin Nina Jürgens nickte. Sie war über das Wochenende verreist gewesen und erst spät in der Nacht zurückgekommen. Nina und Bert hatten sich in den einenhalb Jahren ihrer bisherigen Zusammenarbeit zu einem guten Team entwickelt. Bert schätzte vor allem auch den messerscharfen analytischen Verstand seiner zwölf Jahre jüngeren Stellvertreterin.

Sie hatten viele Gemeinsamkeiten. Beide hatten ihr Leben absolut nur auf den Beruf ausgerichtet, eine gescheiterte Ehe hinter sich, einen hohen Anspruch an sich selbst und das Team. Und auch sie legte wenig Wert auf Amtsbezeichnungen. Nina hatte ungewöhnlich markante, ja als Frau sogar fast etwas zu harte Gesichtszüge, was durch ihre kurzen schwarzen Haare noch unterstrichen wurde. Sie war etwa einen Kopf kleiner als Bert und hatte eine drahtige, sportliche Figur. Dass sie schon manchen Karatekampf gewonnen hatte, nahm man ihr unbesehen ab.

Bert Linnig stand an seinem geliebten Flipchart, um die Ergebnisse zusammenzutragen. Nach dem Meeting pflegte er die Blätter an die Stirnwand des Besprechungsraumes zu pinnen, damit jeder immer gleich im Bilde war.

„Vorhin haben wir bereits ein vorläufiges Ergebnis von der Autopsie erhalten. Silke, trägst du das bitte mal zusammengefasst vor."

Man merkte der etwas pummelig und gemütlich wirkenden Polizeiobermeisterin an, dass sie jetzt eigentlich viel lieber Zuhörerin gewesen wäre. Aber Bert forderte sein Team. Sie gab sich einen sichtbaren Ruck und nach einem kurzen Blick auf das vor ihr liegende Blatt trug sie dann vor:

„Nach dem ersten vorläufigen Obduktionsergebnis liegt der Todeszeitpunkt zwischen dreiundzwanzig Uhr und ein Uhr morgens. Todesursache war Genickbruch. Dabei scheint das Opfer nach einem heftigen Schlag, möglicherweise mit einem faustgroßen Stein, gegen das rechte Schläfenbein rückwärts gefallen zu sein, sodass bei einem Aufprall auf ein Hindernis der Genickbruch eintrat. Weitere Kampfspuren waren an der

Leiche nicht festzustellen. Der Schlag muss aller Voraussicht nach von einem Linkshänder ausgeführt worden sein. Da der Tote kein Wasser in der Lunge hatte, erfolgte sein Sturz in das Hafenbecken auf jeden Fall post mortem."

„Danke, Silke, das hast du sehr gut gemacht."

Die Angesprochene errötete leicht.

„Anmerkungen dazu?", fragte Bert in die Runde.

„Ja, Bernd. Lass hören", gab Bert das Wort an Polizeiobermeister Bernd Guben. Bernd war das gerade Gegenteil von seiner Kollegin Silke. Über einen Meter neunzig groß und dürr wie eine Bohnenstange. Wenn man die beiden von hinten gemeinsam auf einem Streifengang sah, wurde man unwillkürlich an das dänische Komikerduo der Stummfilmzeit Pat und Patachon erinnert. Und so wurden die beiden heimlich auch von ihren Kolleginnen und Kollegen genannt.

„Möglicherweise ist er ja gegen die Rückenlehne einer der beiden Bänke gestürzt, die in unmittelbarer Nähe vom Fundort der Leiche stehen. Da müsste vielleicht unsere Spurensicherung noch mal ran", schlug der Polizeiobermeister vor.

„Eine gute Idee, Bernd. Danke, das werde ich veranlassen", erwiderte der Kommissar und fuhr dann fort: „Ich bin gestern vom Fundort der Leiche direkt zur Witwe gefahren und habe dort auch ihren Vater angetroffen. Beide sorgten sich um den Verbleib von Torsten Oltmann. Nachdem ich beiden dann die schreckliche Nachricht mitgeteilt hatte, war Wibke Oltmann wie versteinert. Auf mich wirkte das so, als ob die zu überhaupt keiner Gefühlsregung fähig wäre." Dann informierte er sein Team über die Aussagen von Wibke.

„Wenn die Oltmann gegen dreiundzwanzig Uhr dreißig bei der Kneipe war, dann befand sie sich doch etwa zum Todeszeitpunkt auch in unmittelbarer Nähe vom Fundort der Leiche."

„Das ist zutreffend, Nina."

„Und dann erfährt sie dort von der Wirtin, dass ihr Mann den ganzen Abend mit einer anderen Frau an der Theke gesessen hat. Die muss doch ausgerastet sein. Was hat denn die Wirtin dazu gesagt?"

„Ja, das war in der Tat etwas merkwürdig. Danach habe ich die Wirtin natürlich auch gefragt. Die hat mir mit der Antwort eine Sekunde zu lange gezögert. So als wollte sie da was verbergen. Daher hab ich sie darüber aufgeklärt, dass sie als Zeugin zur Wahrheit verpflichtet ist. Es sei denn, sie würde sich selbst belasten. Da rückte sie dann auf einmal damit raus, dass die Witwe sogar richtig stinksauer gewesen war, nachdem sie von ihr erfahren hatte, dass ihr Mann mit Katja Schmitz den Abend an der Theke verbracht hatte. Und sie soll daraufhin gesagt haben, dass sie ihn umbringt, wenn er was mit der angefangen hat. Allerdings meinte die Wirtin, das hätte sie sicher einfach nur aus Wut so dahingesagt."

„Trotzdem, für uns umso mehr ein Grund, dieser Sache nachzugehen", warf die Kommissarin ein.

„Richtig, Nina. Hier können wir auch eine Eifersuchtstat wirklich nicht ausschließen. Zumal die Witwe dann noch nicht mal eine einzige Träne vergossen hat, nachdem sie von mir die Todesnachricht erhalten hatte. Daher werde ich heute nach unserer Besprechung noch mal zu einem Gespräch mit ihr nach Carolinensiel fahren."

„Wissen wir denn schon Näheres über diese Katja Schmitz?", wollte Nina wissen.

„Mit der – und danach mit ihrem Ehemann – habe ich gestern auch noch gesprochen. Als Mann würde ich sagen, die ist nicht ohne. Aber außer in ihren tiefen Ausschnitt gibt die wenig wirkliche Einblicke, wenn ihr versteht, was ich damit sagen will. Jedenfalls geizt die nicht mit ihren Reizen. Sie behauptet zwar, dass Oltmann sie nur bis vor ihre Haustür begleitet hat und dann so gegen dreiundzwanzig Uhr fünfzehn nach Haus gegangen ist. Ob man ihr das aber glauben kann, da habe ich so meine Zweifel."

„Wenn diese Zeitangabe stimmen sollte und ich die Örtlichkeiten richtig kenne, dann müsste Torsten Oltmann doch eigentlich seiner Frau auf dem Nachhauseweg begegnet sein, denn die kam ja wohl gegen dreiundzwanzig Uhr dreißig mit dem Fahrrad bei dem Lokal am Museumshafen an."

„Mensch, Nina, gut beobachtet. Genau das hab ich mir nämlich auch schon gedacht. Deshalb werde ich mit der Schmitz und ihrem Mann heute auch noch mal reden. Da gibt es bei ihm nämlich auch noch einige Unstimmigkeiten. Gegen ein Uhr nachts will Gerd Schmitz zu seiner Frau nach Hause gekommen sein. Diesbezüglich stimmt die Aussage beider Eheleute überein. Er gibt ferner an, seinen Lkw kurz vor zweiundzwanzig Uhr bei der Spedition in Wilhelmshaven abgestellt zu haben. Danach will er sich aber noch etwa eine Stunde aufs Ohr gehauen haben, bevor er nach Hause gefahren ist. Das werden wir noch durch die Kollegen in Wilhelmshaven überprüfen lassen. Die sollen sich den Fahrtenschreiber mal anschauen. Von Wilhelmshaven bis hierher braucht man mit dem Pkw nachts ohne Verkehr maximal fünfzig Minuten. Fragt sich: Was hat der Schmitz bis ein Uhr gemacht? Die Suche nach einem Zigarettenautomaten, wie er behauptet, dürfte ja wohl auch keine Stunde gedauert haben. Außerdem ist der vermutliche Tatort in unmittelbarer Nähe, wo er nach einem Zigarettenautomaten gesucht haben will."

„Nehmen wir mal an, Torsten Oltmann ist doch noch mit dieser Katja ins Bett gehüpft und der Schmitz hat die beiden in flagranti erwischt. Das würde einige der Ungereimtheiten erklären."

„Du bringst es mal wieder absolut auf den Punkt, Nina. Genau das können wir nämlich auch nicht ausschließen. Ihr seht also, auch bei den Schmitz sind noch eine Menge Fragen offen."

„Gibt es denn sonst irgendwelche Hinweise darauf, dass sich noch weitere Personen zu der fraglichen Zeit in der Nähe des Fund- und möglicherweise auch Tatortes aufgehalten haben?", wollte Nina wissen. „Eventuell könnte man doch auch einen Raubüberfall oder eine tätliche Auseinandersetzung nach einem Streit nicht ausschließen."

„Einen Raubüberfall können wir wohl weitestgehend ausschließen, da der Tote seine Ausweispapiere und sein

Portemonnaie mit Geld noch in der Tasche hatte. Allerdings war der Jogger, der den Toten gemeldet und dann auch identifiziert hat, zum Tatzeitpunkt unweit des mutmaßlichen Tatortes bei einem Vereinskollegen in dessen Haus. Da er und sein Kollege wohl viel zu viel getrunken hatten, wie er sagte, könne er sich nicht erinnern, wann und wie er in der Nacht nach Hause gekommen sei. Dabei müsste er dann eigentlich beim Toten vorbeigekommen sein", informierte Bert. „Vielleicht ist er dabei sogar dem Täter begegnet. Aber was mir zudem auffiel, war sein merkwürdiger Gesichtsausdruck, als ich ihn bat, den Toten als Torsten Oltmann zu identifizieren."

„Was meinst du denn mit merkwürdig?", wollte Nina wissen.

„Nur so ein Gefühl. Es kam mir fast so vor, als wenn er sich für den Bruchteil einer Sekunde sogar über diese Nachricht gefreut hätte. Aber ich kann mich auch getäuscht haben. Der hatte nämlich einen richtigen Kater und das sah man ihm sogar deutlich an. Übergeben hatte er sich wohl auch schon. Also das ganze Programm nach so einem Saufabend mit anschließendem Filmriss."

„Aber es wäre doch trotzdem nicht auszuschließen, dass der Tote und er sich im Hafen begegnet sind", sagte Nina. „Vielleicht sind die beiden ja in einen Streit geraten."

„Erscheint mir zwar ein wenig an den Haaren herbeigezogen, zumal wenn Kurt Bergedorf so betrunken war, aber auszuschließen wäre auch das nicht", stellte Bert fest.

„Was war denn der Anlass für ein solches Besäufnis?", hakte die Kriminalistin nach. „Und wer sagt uns denn, dass das Besäufnis nicht anschließend stattgefunden hat?"

„So wie Herr Bergedorf sagte, sind sie wohl am Samstag auf einer Geburtstagsfeier gewesen, wo es nur billigen Arbeiter-Charlie gegeben hätte. Deswegen wären er und Enno Henke, so heißt sein Kollege, gegen einundzwanzig Uhr dort weg, um Charlie mit vernünftigem Cognac zu trinken. Jedenfalls sind die beiden bereits vor dem Tötungsereignis an besagter Stelle im Hafen vorbeigekommen, dabei sei ihnen aber nichts aufgefallen. Ja, und den Zeitpunkt des Besäufnisses kennen wir natürlich auch nicht genau."

„Enno Henke, den kenn ich", meldete sich Bernd zu Wort. „Der scheint wohl öfter einen über den Durst zu heben. Jedenfalls wurden wir mal vor einiger Zeit zu einer Auseinandersetzung in der Stechuhr gerufen. Da hatte er einen Feriengast aus dem Ruhrgebiet verprügelt. Das hatte, soweit ich weiß, sogar noch ein gerichtliches Nachspiel gehabt. Jedenfalls haben wir über den schon eine Akte, weil das nicht das erste Mal war, dass der jemanden verprügelt hat."

„Dann sollten wir uns wirklich mal diesen Enno Henke vornehmen. Vielleicht ist der ja auch irgendwie in die Sache verwickelt", ließ Nina ihren Gedanken freien Lauf.

„Das könnte ich anschließend übernehmen, zumal ich weiß, wo er wohnt", griff Bernd ihre Überlegung auf.

„Auch nicht auszuschließen, Nina. Gute Idee, Bernd. Dann stattest du mit Silke diesem Rauf- und Saufbruder einen Besuch ab. Und ich glaube, Kurt Bergedorf sollten wir auch noch im Auge behalten", sagte Bert und blickte in die Runde.

„Gibt es sonst noch Anmerkungen oder Fragen? … Das scheint ja nicht der Fall zu sein. Dann an die Arbeit. Silke, du hängst bitte noch die Blätter vom Flipchart an die Wand. Ich mache mich jetzt gleich auf den Weg nach Carolinensiel. Wenn was ist, Nina hält hier die Stellung."

Kapitel 13

„Hallo, Theo, ich bin's." Katja hatte einen Schlüssel zu dem stattlichen Haus von Theo Grafwalder. Zweimal die Woche kam sie zu dem sehr vermögenden Frührentner und Witwer zum Putzen. Es hatte anfangs unter den Leuten geheißen, dass er seine Firma verkauft habe, um die letzten Jahre mit seiner krebskranken Frau in Carolinensiel zu verbringen, wo beide vorher schon immer regelmäßig Urlaub gemacht hatten. Viel wussten die Einheimischen nicht über ihn. Er lebte sehr zurückgezogen in dem schick restaurierten ehemaligen Resthof unmittelbar hinter dem Deich. Dabei war er ein gut aussehender, sportlicher Mann, dem man die Mitte fünfzig noch nicht ansah. Was er für eine Firma gehabt hatte und welchem Beruf er nachgegangen war, darüber war trotz aller Neugier bislang nichts Konkretes herauszubekommen gewesen. Tatsache war aber, dass er sich nach dem Tod seiner Frau noch mehr zurückgezogen hatte.

Irgendjemand hatte wohl auch mal gehört, dass seine Frau gestorben sei, weil eine bereits begonnene Vorbereitung zu einer Stammzellentransplantation wieder hatte abgebrochen werden müssen, nachdem der Spender im letzten Moment seine Bereitschaft zur Spende zurückgezogen hatte. Aber gerade wenn man über seine Nachbarschaft nichts Genaues weiß, scheint das der Neugierde geradezu Flügel zu verleihen. In einem so beliebten Kur- und Ferienort an der Nordseeküste ist man von Natur aus Fremden und Gästen gegenüber natürlich sehr aufgeschlossen und tolerant. Aber wenn sich jemand auf Dauer in der Nachbarschaft niederlässt, dann wird schon eine gewisse Integrationsbereitschaft erwartet. Dann will man doch schon etwas genauer wissen, wer der Nachbar wirklich ist.

In den Saisonmonaten fiel der solariumgebräunte Theo Grafwalder mit seinem schicken weißen Sportcabriolet, auch bei seinen Einkäufen im Ort, zwischen den ganzen Touristen und Kurgästen kaum auf. Aber in den Wintermonaten war das natürlich anders.

Trotzdem hatten sich die Nachbarn und auch die Geschäftswelt inzwischen an den wenig gesprächigen Neubürger gewöhnt. Allerdings war es auch nicht verborgen geblieben, dass gelegentlich Besucher, und vor allem wohl auch Besucherinnen, mit teuren Karossen den Weg am Deich entlang zu seinem Grundstück fuhren und auch nicht selten sogar über Nacht blieben. Man wusste sogar, dass da Autonummern aus dem Köln-Düsseldorfer Raum genauso dabei waren wie aus dem Ruhrgebiet und Autos aus Emden, Leer, Wilhelmshaven oder Bremen.

Darüber machte man sich schon so seine Gedanken. Das beflügelte natürlich die Fantasie und die Gerüchte. Insbesondere, wenn man bei den Besucherinnen den Eindruck gewinnen konnte, dass diese geradewegs aus einer Modelagentur zu kommen schienen. Aber diese Gedanken tauschten die Einheimischen auch nur untereinander und unter vorgehaltener Hand aus.

Dabei wusste aber wohl tatsächlich niemand aus dem Ort, welche Rolle Theo Grafwalder wirklich dabei gespielt hatte, dass die Familie Schmitz nach Carolinensiel anstatt nach Wilhelmshaven gezogen war. Zumal die Spedition, für die Gerd Schmitz fuhr, dort ihren Sitz und nicht in Carolinensiel hatte.

Natürlich war den Eingeweihten inzwischen nicht verborgen geblieben, dass Katja Schmitz bei Theo Grafwalder putzen ging. Und einige wussten sogar, dass er als Eigentümer des Wohn- und Geschäftshauses im Ortszentrum, welches er noch zu Lebzeiten seiner Frau günstig erworben hatte, auch zugleich der Vermieter der Schmitz war.

Gerd Schmitz war davon ausgegangen, dass seine Frau ihren Reinigungsjob – sogar offiziell als Halbtagsstelle mit Sozialversicherungen – bei einem Witwer in Carolinensiel über das Internet gefunden hatte. Das jedenfalls hatte sie ihm gesagt. Für ihn war daher logisch gewesen, dass sie dann auch in die von ihrem Arbeitgeber vermietete Wohnung nach Carolinensiel gezogen waren. Zumal die Miete sogar ausgesprochen günstig war. Dafür war er dann auch gerne bereit gewesen, die Anfahrt zu seinem Arbeitgeber nach Wilhelmshaven in Kauf zu nehmen. Hinzu kam, dass seine Frau für den Putzjob sogar außergewöhnlich gut bezahlt wurde. Von den wahren Hintergründen für das Jobangebot an seine Frau hatte er allerdings keine Ahnung.

Hätte er sich besser mit dem Internet ausgekannt, dann wäre ihm sicher nicht entgangen, dass Angebote für Minijob-Putzstellen wohl eher ihren Platz in den regionalen Anzeigenblättern als in den Jobbörsen des Internets hatten.

Hätte man Katja mit dieser Erkenntnis konfrontiert, hätte sie sicher nur frech grinsend darauf geantwortet, dass Beziehungen bekanntlich nur dem schaden, der keine hat. Was dann in diesem Fall sicher der Wahrheit schon relativ nahegekommen wäre.

Denn irgendwie über Beziehungen war Katja tatsächlich an diesen Job und die Wohnung gekommen. Sie hatte bis zu ihrem Umzug nach Carolinensiel unter anderem eine Putzstelle in einem kleinen privaten Filmstudio in Frechen bei Köln gehabt. Da hatte sie auch Theo kennengelernt und war ihm dort auch schon etliche Male persönlich begegnet. Sehr persönlich sogar. Wovon ihr Mann allerdings ebenfalls nicht den Hauch einer Ahnung hatte.

In dem Studio hatte man ihr sogar schon eine Rolle als Darstellerin in bestimmten Filmen angeboten. Das hatte sie allerdings abgelehnt. Sie hatte nämlich Angst davor, dass Gerd sich dann zufällig mal einen solchen Streifen in seiner Lkw-Koje reinziehen und sie erkennen könnte. Andernfalls hätte sie sich aber eine solche Rolle in einem solchen Film sogar sehr gut vorstellen können. Aber ihr Mann hatte ja keine blasse Ahnung von ihren tatsächlichen Neigungen und Gelüsten. Ihr selbst kamen – so gesehen – seine beruflich bedingten langen Abwesenheiten sogar sehr entgegen.

Theo Grafwalder kam gerade aus seinem privaten Fitness-Studio. Ein Muskelshirt betonte die gut trainierten Muskeln seines Oberkörpers. Ein Saunatuch hing lässig um seinen Hals. Er begrüßte Katja mit einem Wangenkuss links und rechts.

„Hallo Katja, mein Liebes. Wie geht es?"

„Alles fit, Theo. Alles bestens. Heute Programm wie immer?"

„Natürlich, Kleines, du weißt ja, wie ich es gerne habe."

Über Katjas Gesicht huschte ein wissendes Grinsen. „Klar, Theo. Weiß Bescheid. Fange gleich im Salon an."

Katja hatte sich in einem Abstellraum mit entsprechenden Utensilien versorgt und betrat den Salon, um dort mit ihren Reinigungsarbeiten zu beginnen. Ihre Jeans hatte sie mit einem ultrakurzen schwarzen Plissee-Röckchen und ihr Sweatshirt und ihren BH mit einem tief ausgeschnittenen, durchsichtigen Seidenblüschen getauscht. Theo stand an der Bar und drehte sich zu ihr um.

„Ich habe uns mal ein kleines Sektchen vorbereitet, meine Süße." Er reichte ihr einen Sektkelch.

„Ah, haben wir heute dieses Programm?", fragte Katja.

„Schauen wir mal, wonach uns nachher so ist", entgegnete Theo. Und nachdem beide getrunken hatten, kam er auf das Ereignis zu sprechen, welches heute auch den ganzen Ort zu beschäftigen schien.

„Mein Gott, was war denn gestern bloß im Ort los? Da ging es ja zu wie in einem Bienenhaus. Und dann an einem Sonntag außerhalb der Saison. Ich wollte mit dem Auto am Nationalpark-Haus vorbei, da musste ich wieder zurück. Alles von der Polizei abgesperrt."

„Die haben gestern Morgen den Fußballtrainer von meinem Karsten tot im Hafenbecken aufgefunden. Der soll ermordet worden sein."

„Das ist ja schrecklich. Und so etwas in dem beschaulichen Carolinensiel. Wer macht denn so etwas? Hat der vielleicht mit irgendeinem Vereinskollegen Krach gehabt? Oder hat er einem die Frau ausgespannt? Das sind ja in solchen Orten meistens die Ursachen für solche Gewalttaten."

71

„Ich hab keine Ahnung, Theo. Ich hatte mich am Abend davor noch in der Stechuhr mit ihm unterhalten. Der wollte den Karsten sogar zu Pfingsten in das Fußball-Fördercamp bringen. Es hatte mir ausgesprochen gut gefallen, was der mit meinem Jungen alles vorhatte, um sein Fußballtalent richtig zu fördern. Was jetzt daraus wird, weiß ich natürlich nicht."

„Na, was deinen Karsten und seine Förderung angeht, Katja, das wird dann sicher ein Kollege aus dem Verein übernehmen. So bitter es auch klingt, aber jeder ist ersetzbar. Und andererseits hatte ich dir ja dazu auch einen Vorschlag gemacht. Und mein Angebot steht immer noch. Hast du denn jetzt schon mal mit deinem Mann über meinen Vorschlag gesprochen?"

„Ne, Theo, sei mir nicht böse, aber wir hatten gestern und auch heute Morgen mal wieder richtig Stress miteinander, weil ich ihn nicht rangelassen habe. Hab Migräne vorgetäuscht. Der ist überraschend Samstagnacht schon nach Hause gekommen, obwohl er eigentlich die ganze Woche noch in Italien hätte sein sollen. Ich hatte dabei schon fast das Gefühl, dass er mir hinterherspioniert. Andererseits …" Katja schaute sinnierend vor sich hin. „Jedenfalls hasst er das, wenn er dann nach über einer Woche richtig Druck im Kessel hat und dann nicht darf, wie er will. Dann ist mit dem über nichts mehr zu reden. Dann hängt der sich nur noch an seine Pulle Bier. Aber ich glaube, er muss wohl Mitte der Woche erst wieder los, da werde ich vorher sicher noch mal in Ruhe mit ihm sprechen können. Verlass dich auf mich, Theo. Und meine Entscheidung steht fest."

„Okay, Liebes. Wenn du hier im Salon fertig bist, dann mach heute nur noch die Küche und die Bäder. Alles andere machen wir dann am Donnerstag. Und ehrlich gesagt, bin ich nach diesem schrecklichen Thema gar nicht mehr so richtig in Stimmung …"

„Alles klar, Theo. Ich lege gleich los. Und wenn du doch noch in Stimmung kommen solltest, Karsten kommt heute erst um zwei aus der Schule. Außerdem ist Gerd ja heute zu Hause. Da bin ich nicht unter Zeitdruck und für den habe immer noch eine passende Ausrede parat."

Kapitel 14

„Kommen Sie herein, Herr Kommissar." Hilda Bruns, die Mutter von Wibke Oltmann, hatte Bert die Tür geöffnet.

„Danke, Frau Bruns. Wie geht es denn Ihrer Tochter?"

„Ich glaube, sie hat wohl die ganze Nacht nicht geschlafen."

„Und wie hat es Ihr Enkel aufgenommen und verkraftet?"

„Um den Jungen kümmert sich mein Mann bei uns im Haus. Der Kleine weiß noch nicht, dass sein geliebter Papa tot ist. Und wir haben ihn heute nicht zur Schule geschickt, weil wir befürchten, dass er sonst etwas von Klassenkameraden darüber erfährt. Wir haben uns an einen Psychologen gewandt und nachher dort einen Termin."

„Das ist sicher eine gute Idee, denn für den Jungen wird das sicher ein Trauma sein. Könnte ich dann jetzt mal mit Ihrer Tochter ein vertrauliches Gespräch führen? Ich hätte da noch einige Fragen."

„Kommen Sie, Herr Kommissar, sie hat sich im Wohnzimmer auf die Couch gelegt, weil sie die ganze Nacht nicht geschlafen hat. Der Doktor hatte uns noch ein paar Beruhigungstabletten dagelassen. Davon hat sie vorhin eine genommen."

„Wibke, mein Schatz, der Kommissar hat noch ein paar Fragen an dich." Wibke erhob sich, sie hatte nicht geschlafen und das sah man ihr auch an. Ihre sonst so frische Gesichtsfarbe war einem fahlen Grau gewichen. Die Augen waren gerötet und ihre Bewegungen wirkten etwas fahrig. Wahrscheinlich auch die Wirkung der Beruhigungstablette.

„Bitte nehmen Sie Platz, Herr Kommissar", sagte sie höflich und relativ gefasst. Als der Kommissar sie so in ihrem bedauernswerten Zustand sah, dachte er für sich, also doch kein solcher Eisklotz, wie es bei der ersten Begegnung mit ihr den Anschein gehabt hatte. Als sie auf die Nachricht vom Tod ihres Mannes fast schon erschreckend kalt gewirkt hatte. Die späteren Tränenströme von Wibke im Arm ihrer Mutter hatte der Kommissar ja nicht mehr mitbekommen. Jetzt machte es für ihn den Eindruck, dass ihre unterkühlte Reaktion doch wahrscheinlich nur ein Schock gewesen war. Seine Empfehlung, den Arzt zu konsultieren, war also wohl doch intuitiv richtig gewesen.

„Danke, Frau Oltmann, nochmals mein aufrichtiges Beileid", sagte er. „Es tut mir daher auch sehr leid, dass ich Sie noch mal belästigen muss, aber es gibt da noch einige Fragen."

„Macht es was aus, wenn meine Mutter dabeibleibt?"

„Es wäre mir lieber, wenn wir das Gespräch zunächst alleine führen könnten. Es könnte ja sein, dass sich daraus auch noch Fragen an Ihre Mutter ergeben. Und dann wäre es besser, wenn Ihre Mutter darauf unbeeinflusst antworten könnte. Da bitte ich einfach um Ihr Verständnis."

Hilda Bruns verließ das Wohnzimmer und schloss die Tür hinter sich, um sich in der Küche nützlich zu machen. Ein mulmiges Gefühl hatte sie beschlichen. Warum wollte der Kommissar mit ihrer Tochter unbedingt alleine sprechen? Da kamen ihr dann Krimis aus dem Fernsehen ins Gedächtnis. Das hatte sich doch gerade bei ihm so angehört, als wenn ihre Tochter selbst unter Verdacht stehen würde. Und Hilda überlegte, ob sie nicht besser ihren Mann anrufen sollte.

„Also, Frau Oltmann, wir müssen den zeitlichen Ablauf noch einmal ganz genau durchgehen. Wann genau sind Sie am Samstag zu Ihren Eltern gefahren?"

„Das war, nachdem mein Mann und ich unseren Nachmittagstee getrunken hatten, so zwischen vier und fünf Uhr. So genau habe ich darauf nicht geachtet. Es könnte auch schon nach fünf gewesen sein."

„Die Wirtin von der Stechuhr hat mir gesagt, dass Ihr Mann, wohl ziemlich gefrustet, so gegen zwanzig Uhr in die Gaststätte gekommen wäre. War zwischen Ihnen und Ihrem Mann etwas vorgefallen? Übrigens, bevor Sie darauf antworten, möchte ich Sie noch auf etwas hinweisen. Sie können selbstverständlich die Aussage verweigern, falls Sie das Gefühl haben sollten, sich in irgendeiner Art und Weise selbst zu belasten. Sie können auch gerne einen Anwalt zu unserem Gespräch hinzuziehen."

„Heißt das etwa, Herr Kommissar, dass Sie mich verdächtigen, meinen Mann umgebracht zu haben?"

„Nein, Frau Oltmann, dann hätte ich Ihnen das bereits vor meiner Befragung gesagt und Sie als Erstes über Ihre Rechte aufgeklärt. Im Moment versuche ich mir erst einmal ein möglichst umfassendes Bild vom gesamten Ablauf zu machen."

„Also, ich habe mir nichts vorzuwerfen. Und meinen Mann habe ich auch nach fast zwölf Jahren Ehe immer noch wie am Anfang geliebt. Wie das Leben ohne ihn weitergehen soll, weiß ich auch noch nicht. Was soll ohne ihn bloß werden? Und Ole hat jetzt keinen Papa mehr." Sie schluchzte herzzerreißend in ihr Taschentuch. Und selbst der hartgesottene Kommissar hatte plötzlich das Gefühl, dass man diese sympathische junge Frau schützend und tröstend in den Arm nehmen müsste. So etwas passierte ihm eigentlich sehr selten. Unter Tränen setzte sie dann schließlich fort: „Ein Anwalt kann mir dabei auch nicht weiterhelfen!"

In diesem Moment klopfte es kurz an der Wohnzimmertür und Wibkes Mutter brachte auf einem Tablett zwei Tassen Kaffee und eine Flasche Wasser mit zwei Gläsern.

„Ich habe einfach mal einen Kaffee gemacht und ein Glas Wasser können Sie sicher auch gut gebrauchen", sagte sie und stellte das Tablett auf den Wohnzimmertisch. „Mit Milch und Zucker bedienen Sie sich bitte selbst, Herr Kommissar." Und dann war sie auch schon wieder verschwunden.

Ich sollte doch Karl anrufen, dachte sie, als sie wieder in die Küche ging. Die Tränen in den Augen ihrer Tochter waren ihrem mütterlich fürsorglichen Blick nicht entgangen. Sie nahm sich das Telefon von der Ladestation im Flur mit in die Küche.

„Karl, ich bin's. Du, Karl, der Kommissar ist gerade bei Wibke. Irgendwie habe ich so ein komisches Gefühl, als wenn er unsere Wibke verdächtigen würde, Torsten umgebracht zu haben. Jedenfalls hat er es nicht zugelassen, dass ich als Mutter meine Tochter bei dem Verhör unterstütze. Der kann mich doch nicht einfach rausschicken, oder? Eltern sind doch für ihre Kinder verantwortlich."

„Also, Hilda, das Thema hatten wir doch schon am Samstag. Unsere Tochter ist erwachsen und für sich ganz alleine verantwortlich. Ob du das nun wahrhaben willst oder nicht. Und obwohl unsere Tochter eigentlich eine sehr taffe junge Frau ist, auf die wir sogar sehr stolz sein können, habe ich den Eindruck, dass sie manchmal – wahrscheinlich schon aus alter Gewohnheit – selbst in ganz profanen Dingen erst mal Mama fragt. Das ist für unsere Tochter ja so schön bequem, auf diese Weise die Verantwortung abzuschieben. So etwas kann wie eine ganz seichte Droge wirken. Und Mama ist natürlich stolz ohne Ende, weil sie das schöne Gefühl hat, nach wie vor gebraucht zu werden."

„Ja, ja, ich kenne deine Ansichten. Aber ich hatte es dir doch schon am Samstag erklärt. Du hast einfach keine Ahnung! Du warst ja schließlich nie da", ereiferte sich Hilda. „Und ich bin und bleibe nun mal die wichtigste Ratgeberin unserer Tochter. Auch wenn du das vielleicht jetzt gerne sein würdest, nachdem du in deinem Ruhestand immer zu Hause bist. Aber damit wirst du dich wohl abfinden müssen."

„Hilda, mir geht es nicht darum, ob du oder ich als Ratgeber bei unserer Tochter die erste Geige spielen. Mir geht es darum, dass ich den Eindruck gewonnen habe, dass unsere Tochter – selbst bei kleinsten Beziehungsproblemen – diese nicht mit ihrem Mann klärt, wie es unter Eheleuten üblich sein sollte, sondern damit gleich erst mal zu Mama gerannt kommt. Und ich bin mir fast sicher, dass Torsten auch am Samstagabend nicht in die Kneipe gegangen wäre, wenn die beiden das untereinander geklärt hätten. Es ist bei uns ja schon einige Zeit her, aber vielleicht kannst du dich noch daran erinnern, wie schön dann die anschließende Versöhnung unter jungen Eheleuten sein kann."

„Wolltest du damit jetzt etwa sagen, dass ich daran schuld bin, dass unser Schwiegersohn ums Leben gekommen ist?", entgegnete Hilda heftig, mit sich hysterisch fast überschlagender Stimme.

„Nun beruhige dich mal. Das wollte ich natürlich nicht sagen. Schließlich kann kein Mensch wissen, ob die beiden ihren Streit auch tatsächlich beigelegt und sich anschließend versöhnt hätten und ob Torsten nicht anschließend trotzdem in die Kneipe gegangen wäre."

„Weißt du, Karl, ich weiß gar nicht, warum ich dich überhaupt angerufen habe. Du kannst ja vielleicht versuchen, mir meine Rechte als Mutter abzusprechen. Aber nicht, dass unsere Tochter mich nach wie vor als ihre wichtigste Ratgeberin braucht. Das heißt, ich werde es machen wie immer in den ganzen Jahren zuvor, in denen du nie da warst. Ich werde die Angelegenheit selbst in die Hand nehmen. Basta!"

Hilda Bruns hätte am liebsten wie früher voller Zorn einen Telefonhörer auf die Gabel geknallt. Aber so blieb ihr jetzt nichts anderes, als mit heftigem Nachdruck auf die rote Taste am Telefon zu drücken. Jetzt brauchte sie selbst erst einmal einen Kaffee, um sich zu beruhigen und zu überlegen, wie sie ihrer Tochter am besten helfen könnte.

Nachdem der Kommissar und Wibke sich mit einem Schluck Kaffee gestärkt hatten, kam Bert noch mal auf seine Frage zurück.

„Tut mir leid, Frau Oltmann. Ich kann verstehen, dass Sie das alles sehr mitnimmt. Aber noch mal, worüber war Ihr Mann denn an diesem Abend so gefrustet?"

„Ach, Herr Kommissar, eigentlich hatte ich nur von ihm wissen wollen, was er mit der Mutter eines Kindes aus der E-Jugend, die er ja betreute, so lange und so intensiv zu besprechen gehabt hat."

„Wo fand das Gespräch der beiden denn statt?", wollte der Kommissar wissen.

„Samstagsvormittag hat die E-Jugend im Winterhalbjahr immer Training in der Turnhalle. Und da ich gerade zum Einkaufen unterwegs war, wollte ich einfach nur mal reinschauen. Schließlich war unser Ole ja auch dabei. Das Training war aber schon beendet und die Kinder in der Umkleidekabine. Da stand der Torsten mit der Ulrike Steen in der Tür zum Geräteraum. Der war so vertieft in das Gespräch mit ihr, dass er mich gar nicht bemerkte. Und für mich sah das so aus, als hätte er nur Augen für Ulrikes großen Busen."

„Und das haben Sie ihm dann zu Hause vorgehalten?"

„Ja. Daraufhin hat er mich nur ausgelacht und mir gesagt, dass ich eigentlich wissen müsste, dass er gar nicht auf so füllige Frauen steht. Und dann gab ein Wort das andere. Ich hab ihn dann aufgefordert mir zu sagen, über was er sich denn mit der Ulrike unterhalten hat. Aber er war nicht bereit gewesen, mit mir darüber zu reden. Er sagte nur immer wieder, das sei Trainerangelegenheit und das ginge mich schließlich nichts an. Und dabei ließ er auch nicht gelten, dass ich seine Ehefrau bin und er mir schließlich vertrauen kann. Worauf er mir sogar noch vorwarf, dass das, was ich wissen würde, auch sofort meine Mutter wüsste, und dann wäre es sicher auch bald im Ort rum."

„In Bezug auf die Vertraulichkeit seiner Trainergespräche hatte er sicher auch nicht so ganz unrecht. Aber daraus kann ich noch nicht so richtig erkennen, was ihn daran so gefrustet haben soll. Aus Ihren Worten schließe ich eher, dass Sie sich über die Unterstellungen bezüglich Ihrer Mutter geärgert haben könnten."

„Das stimmt. Das hat mich sogar wahnsinnig wütend gemacht. Wenn er meine Mutter angegriffen hat, das konnte ich einfach nicht ab. Denn auf meine Mutter lasse ich nichts kommen, Herr Kommissar. Wissen Sie, mein Vater ist bis vor einem halben Jahr die ganzen Jahre als Kapitän auf großen Containerschiffen unterwegs gewesen. Und meine Mutter hat mich mehr oder weniger ganz alleine aufziehen müssen und war immer – ja, eigentlich bis heute – für mich und meine großen und kleinen Sorgen und Nöte da. Na ja, als Torsten dann schließlich noch gesagt hatte, dass er überhaupt nicht weiß, mit wem er eigentlich verheiratet ist, mit mir oder mit meiner Mutter oder vielleicht sogar mit beiden, da bin ich ausgerastet."

Wibke hatte sich langsam in Rage geredet, als der Kommissar einhakte: „Und was bedeutet das, wenn Sie sagen, Sie wären ausgerastet?"

„Na, da hab ich ihm gesagt, dass er wohl mal wieder einen klaren Kopf braucht. Und damit er Zeit zum Nachdenken hat, würde ich die Nacht bei meiner Mutter verbringen. Dann habe ich ein paar Sachen für die Nacht eingepackt und bin gegangen."

„Und darüber hat sich sicher Ihr Mann geärgert, oder? Das könnte schon eine Erklärung für seinen Frust sein. Kam so etwas bei Ihnen öfter vor?"

„Um Gottes willen, nein! Das war vielleicht erst das vierte oder fünfte Mal in unserer fast zwölfjährigen Ehe. Natürlich gab es auch bei uns mal Meinungsverschiedenheiten. Aber wenn ich uns so mit anderen jungen Paaren aus unserem Umfeld vergleiche, dann haben wir sogar eine ausgesprochen liebevolle und harmonische Beziehung … gehabt." Im gleichen Moment ergossen sich wieder Ströme von Tränen über ihre Wangen und sie schluchzte herzzerreißend.

Nachdem sie sich wieder etwas beruhigt hatte, fragte der Kommissar: „Was hatte denn Ihr Mann gegen Ihre Mutter?"

„Eigentlich hatte er gar nichts gegen sie, glaube ich. Im Gegenteil, er schien es –genauso wie unser Sohn – sogar sehr zu mögen, wenn die Oma unsere kleine Familie so betuttelte, wie er es immer nannte. Dafür sah er wohl auch darüber hinweg, dass ich oft mit meiner Mutter telefonierte und sie manchmal zu unpassenden Zeiten bei uns auf der Matte stand."

„Aber irgendwo muss doch da der Haken gewesen sein", blieb Bert hartnäckig.

„Na ja, Herr Kommissar, ich sagte ja schon, dass mein Vater zur See gefahren ist. Und meine Mutter hatte mir schon als

Kind eingebläut, dass ich mal auf keinen Fall einen Seemann heiraten sollte. Und später hat sie mir klargemacht, dass, wenn eine Frau mit dem Busen oder Hintern vor einem Mann herumwackelt, bei den meisten Männern der Verstand sofort in die Hose rutscht."

Bert Linnig musste innerlich grinsen. Bei manchem seiner Geschlechtsgenossen sicher eine nicht ganz unzutreffende Einschätzung. „Auch wenn das jetzt unmittelbar nichts mit unserem Fall zu tun hat, Frau Oltmann, hatte Ihre Mutter denn Gründe dafür, so krass über die Männerwelt zu denken?"

„Das kann ich nicht sagen. Meinen Vater haben Sie ja schon kennengelernt. Sicher ein ganz honoriger Mann. Und meine Mutter hatte mir sogar mal gesagt, dass sie meinen Vater zwar nicht für einen Schürzenjäger hält, aber dass man auch niemandem hinter die Stirn gucken kann. Sie hat oft geweint. Und manchmal, wenn ich als Kind überraschend zu ihr ins Zimmer kam, wischte sie sich noch schnell ein paar Tränen aus den geröteten Augen. Oft hat sie zu mir gesagt, dass sie alles tun wird, um mir so etwas zu ersparen. Sie vertrat die Auffassung, dass eine Frau mit einem Mann auf hoher See einfach nur still leiden kann. Aber eine Frau, die ihren Mann zu Hause hat, kann ein stetig wachsames Auge auf ihn haben. Und dabei würde sie mich immer unterstützen, denn vier Augen sehen nun mal mehr als zwei, wie sie es immer ausdrückte."

„Und wie war das bei Ihrem Mann? Hatten Sie denn Gründe oder Hinweise darauf, dass er es mit der Treue nicht so genau nahm?"

„Konkrete Hinweise eher nicht. Außer, dass meine Mutter mal gesehen hatte, wie er eine Exfreundin von ihm auf offener Straße geküsst hat. Und das war ganz kurz vor unserer Hochzeit. Meine Mutter wollte damals sogar meine Verlobung lösen."

„Das ist ja dann aber schon über zwölf Jahre her", wandte der Kommissar ein.

„Das stimmt. Aber auch bei uns im Verein hat ihm schon die eine oder andere Frau mal schöne Augen gemacht. Zudem muss er als Sanitär- und Heizungsmonteur doch auch in die Haushalte. Da müsste ich besonders aufpassen, meinte meine Mutter immer, denn Gelegenheit macht bekanntlich Diebe."

„Sie sagten doch, dass Sie eigentlich bei Ihrer Mutter übernachten wollten. Wieso sind Sie denn trotzdem am gleichen Abend wieder nach Hause gekommen?"

Wibke zögerte etwas mit ihrer Antwort und druckste dann herum: „Na ja, ich hatte ja schon gesagt, dass mein Vater seit einem halben Jahr nicht mehr zur See fährt und jetzt ständig zu Hause ist." Sie machte eine Pause.

„Ich verstehe noch nicht so ganz, was hat Ihr Vater denn damit zu tun?"

„Tja, wie soll ich das sagen? Mein Vater hat da so komische Ansichten. Er war die ganzen Jahre nie da gewesen und kennt die Verhältnisse hier doch gar nicht richtig. Trotzdem ist er der Meinung, dass das Verhältnis zwischen mir und meiner Mutter … Na ja, Herr Kommissar, er ist der Meinung, dass meine Mutter sich zu viel in meine Ehe einmischt. Aber sie ist doch schließlich immer noch meine Mutter und da hat sie ja wohl auch immer noch das Recht, und wie meine Mutter meint, sogar die Pflicht dazu. Jedenfalls war er der Meinung, dass ich meine Eifersuchtsprobleme gefälligst mit meinem Mann und nicht mit meiner Mutter diskutieren und besprechen sollte, wie er sich ausdrückte. Ja, und dann bin ich eben wieder nach Hause gefahren und da war Torsten nicht da."

„Also, Frau Oltmann, ich will mich ja nicht in Ihre Familienangelegenheiten einmischen, aber die elterliche Fürsorgepflicht und somit auch die damit verbundenen Rechte sind gesetzlich eindeutig geregelt. Und in diesem Punkt hat Ihr Vater durchaus recht. Danach hat Ihre Mutter weder das Recht, geschweige denn die Pflicht, sich in Ihre Eheangelegenheiten einzumischen. Allerdings bleibt Ihnen natürlich unbenommen, wen Sie wann oder wozu um Rat fragen. Die Grenze zwischen Ratgeben und Einmischen ist sicher fließend und da möchte ich mir auf gar keinen Fall ein Urteil anmaßen. Aber lassen Sie uns noch mal auf den Samstagabend zurückkommen. Um wie viel Uhr waren Sie dann von Ihren Eltern wieder zurück?"

„Das muss wohl so gegen zweiundzwanzig Uhr dreißig gewesen sein. Jedenfalls war ich so gegen halb zwölf bei Nancy am Lokal, wo die gerade dabei war, abzuschließen."

„Sie haben sich dann mit der Wirtin unterhalten. Über was haben Sie denn da gesprochen?"

„Nancy hat mir erzählt, dass Torsten mit der Katja Schmitz erst kurz vor meinem Eintreffen das Lokal verlassen hat und dass die beiden sich den ganzen Abend über die Fußballförderung von Katjas Sohn Karsten unterhalten haben. Das hat mich schon sehr wütend und misstrauisch gemacht. Ausgerechnet mit der Katja."

„Was meinen Sie denn mit … ausgerechnet mit der Katja?"

„Na ja, die Katja Schmitz ist so eine Frau, die die Blicke von Männern auf sich zieht. Aber nicht, weil sie so besonders hübsch wäre. Die hat einfach so eine Art, die Männer offensichtlich anspricht. Die meisten Frauen im Verein sind ihr gegenüber daher auch sehr misstrauisch, obwohl Katja zu jedem sehr freundlich und sogar ausgesprochen hilfsbereit ist. Aber ich traue ihr, was das angeht, nicht über den Weg. Jedenfalls hätte mir Torsten eigentlich am Hafen entgegenkommen müssen, wenn er wirklich direkt auf kürzestem Weg nach Hause gegangen wäre."

„Können Sie sich noch daran erinnern, was Sie der Wirtin in diesem Zusammenhang gesagt haben?"

„Hm, ich weiß, dass ich mich wahnsinnig geärgert habe", antwortete Wibke nach kurzem Zögern. „Ich hatte förmlich das Bild vor Augen, wie diese Katja meinen Torsten verführt. Und da habe ich wohl etwas sehr Dummes von mir gegeben. Ich glaube, ich sagte, dass ich ihn umbringen würde, wenn er was mit der Katja hat."

„Haben Sie denn?", hakte der Kommissar ein.

„Gott bewahre, nein! Ich liebe meinen Mann doch immer noch." Und wieder schossen ihr die Tränen aus den Augen.

Nachdem sie sich wieder einigermaßen gefangen hatte, fragte der Kommissar: „Und, wie ging es dann weiter?"

„Nancy hat dann noch versucht, mich zu beruhigen. Sie meinte, dass Torsten die Katja vielleicht nur bis vor die Haustür gebracht hat und dann an der Kirche vorbeigegangen ist, sodass wir uns deswegen verpasst haben. Ich bin dann auch so schnell wie möglich nach Hause geradelt. Aber Torsten war immer noch nicht da. Am liebsten wäre ich gleich noch mal losgefahren und hätte die Katja aus dem Bett geklingelt. Aber ich hatte keine Ahnung, wo die wohnt und wen ich mitten in der Nacht hätte fragen sollen. Und meine Mutter konnte ich ja jetzt auch nicht anrufen, da hätte ich wohl Ärger mit meinem Vater bekommen."

„Ist Ihnen denn auf dem Heimweg irgendetwas Ungewöhnliches aufgefallen, oder ist Ihnen da jemand begegnet?"

Wibke überlegte: „Ne, eigentlich nicht. Ich bin ziemlich schnell geradelt. Na ja, und dann hat man als Frau nachts um diese Zeit alleine auf dem Weg am Museumshafen vorbei schon auch ein bisschen ein mulmiges Gefühl. Allerdings, wenn ich so darüber nachdenke … Doch, Herr Kommissar, da war etwas. Auf dem Parkplatz am Nationalpark-Haus meinte ich, ganz kurz Licht in einem dort parkenden Auto gesehen zu haben. Da hatte ich noch gedacht, ob sich da vielleicht ein Liebespaar vergnügt. Da hab ich schon gar nicht mehr dran gedacht. Allerdings bin ich mir auch nicht so sicher, ob mir nicht vielleicht meine Fantasie einen Streich gespielt hatte."

„Können Sie sich vielleicht noch daran erinnern, was für ein Auto das gewesen sein könnte?"

„Beim besten Willen nicht, dazu war es auch viel zu dunkel, obwohl der Mond schien und die Nacht sternenklar war."

„Und was haben Sie dann gemacht, als Sie zu Hause angekommen sind?"

„Ich habe mich hingelegt, konnte aber nicht so richtig schlafen. Vielleicht kennen Sie das auch. Man meint dann immer, schon den Schlüssel und die Tür zu hören, aber es ist dann doch nichts. Es war eine schreckliche Nacht."

„Mich hätte es wahrscheinlich wieder aus dem Bett getrieben. Und Sie?", versuchte der Kommissar noch etwas mehr aus ihr herauszulocken.

„Ich bin dann doch immer wieder mal etwas eingeduselt. Jedenfalls am Sonntagmorgen, noch vor acht Uhr, ist mir dann plötzlich eingefallen, dass Torsten sein Notizbuch, wo auch die ganzen Adressen drinstehen, vielleicht in seinem Schreibtisch liegen hat. Und so war es auch. Da hatte ich dann die Anschrift und auch die Telefonnummer von Katja Schmitz."

„Was haben Sie dann damit gemacht?"

„Also, wenn ich nur an diese Katja Schmitz denke, dann kommt schon wieder Wut in mir hoch. Ich hab einfach angerufen. Da war aber der Mann von Katja, der Gerd Schmitz, dran. Der war sehr verärgert über die frühe Störung am Sonntagmorgen. Einerseits war ich ja beruhigt, dass Torsten dann wohl doch nicht bei dieser Tussi gewesen war, andererseits hat mich das aber noch besorgter gemacht, weil ich nun überhaupt keine Vorstellung mehr hatte, wo Torsten sein könnte."

„Haben Sie denn Gerd Schmitz gefragt, seit wann er zu Hause war?"

„Nein, daran habe ich überhaupt nicht gedacht. Aber wo Sie es sagen. Dann könnte Torsten ja theoretisch trotzdem vorher bei Katja gewesen sein, falls ihr Mann erst später nach Hause gekommen sein sollte."

Kommissar Linnig äußerte sich dazu nicht. Denn nach bisherigen Erkenntnissen war Gerd Schmitz ja erst zu seiner Frau gekommen, als Torsten Oltmann – nach dem Obduktionsergebnis zu schließen – aller Voraussicht nach schon nicht mehr unter den Lebenden weilte. Allerdings war er sich inzwischen fast sicher, dass er Wibke Oltmann als Verdächtige wohl würde ausschließen können. Was man aber über den Mann von Katja Schmitz noch nicht sagen konnte. Da gab es für ihn noch eine Menge offener Fragen, die es zu klären galt. Wibke Oltmann müsste nach seiner Einschätzung schon eine ganz abgekochte Lügnerin sein, wenn er sich hier irren sollte. Trotz ihrer wütenden Äußerung gegenüber Nancy Bläsing. Andererseits hatte man aber auch schon Pferde vor der Apotheke kotzen gesehen, wie er sich gerne auszudrücken pflegte. Was für ihn bedeutete, dass er auch die junge Witwe trotzdem weiterhin im Auge behalten würde. Unabhängig davon, vielleicht gab es ja auch alte Feindschaften. Daher fragte Bert routinemäßig noch zum Abschluss danach.

„Alte Feindschaften, Herr Kommissar? Wüsste ich eigentlich nicht. Torsten war eher ein Kumpeltyp und bei allen gut gelitten. Außer…"

„Außer was?"

„Diese blöde Grundstücksgeschichte mit Jan Grube. Das war juristisch irgendwie sehr kompliziert und ich weiß auch die genauen Zusammenhänge gar nicht. Ich weiß nur, dass der Vater von Torsten gesagt hat: Was will der alte Geizhals Jan Grube denn mit dem Grundstück? Der hat doch keine Kinder und am Ende fällt dann alles an den Staat, wenn der mal das Zeitliche segnet. Und dann hat er über einen alten Freund in Bremen gute Anwälte für Torsten besorgt und die haben schließlich in zweiter Instanz gewonnen. Genaues dazu könnte Ihnen aber sicher mein Schwiegervater sagen. Aber Jan hatte am Samstag seinen fünfundsiebzigsten Geburtstag. Ich kann mir nicht vorstellen, dass er Torsten was angetan hat, zumal er am Samstag das Haus voll hatte.

In diesem Augenblick rauschte Wibkes Mutter, ohne anzuklopfen, in das Wohnzimmer. „Also, Herr Kommissar, so geht das nicht! Sie verhören hier das Kind, weil Sie sie wohl verdächtigen, dass sie ihren Mann umgebracht hat. Und hindern mich als Mutter daran, dass ich meine Tochter schützen kann. Ob es Ihnen jetzt passt oder nicht, Herr Kommissar, Sie sprechen jetzt kein Wort mehr mit meiner Tochter, ohne dass ich dabei bin!"

Kommissar Linnig schaute Wibkes Mutter amüsiert an und dachte bei sich, das hätte ich eigentlich schon viel früher erwartet, dass die hier wie eine Furie hereingerauscht kommt. Fast ein wenig väterlich sagte er zu ihr: „Liebe Frau Bruns, machen Sie sich keine Sorgen, ich tue Ihrer Tochter doch nichts. Und ich verdächtige Ihre Tochter derzeit auch nicht, ihren Mann getötet zu haben. Im Übrigen möchte ich Sie aber darauf hinweisen, dass Ihre Tochter erwachsen ist und Ihnen damit gesetzlich kein Vertretungsrecht für Ihre Tochter mehr zusteht. Außerdem bin ich mit dem Gespräch bereits fertig und bedanke mich für den ausgezeichneten Kaffee und das Wasser. Und, wenn Sie mir diesen Hinweis noch gestatten, Frau Bruns, Ihre moralische Unterstützung braucht Ihre Tochter jetzt ganz sicher von Ihnen! Vielleicht sogar mehr als je zuvor." Dann verabschiedete er sich von Mutter und Tochter.

Kapitel 15

„Moin, Sie schon wieder? Ich hab mich nicht geprügelt", begrüßte Enno Henke die beiden Uniformierten, die wie Pat und Patachon vor seiner Haustür standen.

„Moin, Herr Henke, darum geht es heute auch nicht. Wir haben ein paar Fragen im Zusammenhang mit dem Toten, der hier im Hafen aufgefunden wurde", klärte Bernd Guben den Angesprochenen auf. „Könnten wir mal reinkommen?"

„Na gut, wenn es schnell geht. Ich wollte gerade weg, ein paar Besorgungen machen." Enno ließ die beiden Polizisten herein und ging mit ihnen in die Küche, bot ihnen aber keinen Platz an. „Ich frage mich, wieso kommen Sie damit ausgerechnet zu mir? Nur weil ich hier in der Nähe vom Hafen wohne? Ich hab mir, wie gesagt, schon lange nichts mehr zuschulden kommen lassen."

„Nun beruhigen Sie sich mal, Herr Henke", übernahm Silke das Gespräch. „Wir wollen ja nur wissen, ob Ihnen in der fraglichen Nacht hier im Hafen irgendetwas aufgefallen ist."

„Und wieso sollte mir was aufgefallen sein? Wie kommen Sie denn da ausgerechnet auf mich? Nur weil ich ein paarmal körperliche Auseinandersetzungen mit einigen Ruhrpottfuzzis hatte?"

„Haben Sie was gegen Leute aus dem Ruhrgebiet, weil Sie das so sagen?", wollte Bernd mit einem leichten Unterton in der Stimme wissen, da er sich als gebürtiger Gelsenkirchener angesprochen fühlte.

„Ursprünglich nicht. Meine Ex kommt ja sogar aus Bochum. Die hatte hier vor vielen Jahren mal ihren Urlaub verbracht und dann ist sie bei mir hängen geblieben. Aber seit die mich mit einem Feriengast aus Wanne-Eickel vor einigen Jahren verlassen hat, darf mir von denen keiner mehr in die Quere kommen. Aber was hat das mit dem Toten zu tun, der ist doch von hier. Mein Kumpel, Kurt Bergedorf, hat den doch sogar gefunden."

„Genau, deswegen sind wir hier", griff Silke diese Anmerkung auf. „Sie waren doch am Samstag gemeinsam bei einer Geburtstagsfeier und haben diese dann auch zusammen verlassen. Um wie viel Uhr war das denn etwa?"

„Das war nach dem Essen. Da kam der Jan dann mit seinem Arbeiter-Charlie und billigen Fusel an. Und das an seinem Fünfundsiebzigsten! An so einem Tag hätte er ja mal was Vernünftiges auffahren können. Da sind Kurt und ich dann eben zu mir gegangen."

„Um wie viel Uhr war das?", hakte nun Bernd auch noch einmal nach.

„Muss wohl so neun Uhr gewesen sein. Ich hab nicht auf die Uhr geschaut."

„Ihr Weg führte dann doch genau am Fundort der Leiche vorbei. Ist Ihnen denn da nichts aufgefallen?", wollte der Uniformierte es genau wissen, obwohl er sich darüber im Klaren war, dass der Tatzeitpunkt gut zwei bis drei Stunden später lag.

„Wir sind doch keine Touris, die hier spätabends den romantischen Museumshafen und die GEBRÜDER Carolinensiel bestaunen und sich alles genau begucken und auch noch fotografieren. Wir sehen das tagtäglich und haben uns auf dem Weg unterhalten."

„Das hat Ihr Kollege auch gesagt. Über was haben Sie sich denn so angeregt unterhalten?", konnte Silke ihre weibliche Neugier nicht zurückhalten.

„Erstens geht Sie das wohl kaum was an und zweitens … keine Ahnung. Was weiß denn ich, wahrscheinlich über die Ungerechtigkeiten dieser Welt."

„Was ist denn so ungerecht?", blieb Silke hartnäckig. „Ihnen scheint es doch an nichts zu fehlen. Tolles Haus, schickes Auto vor der Garage, was will man mehr?"

„Und dann haut einem die Olle mit so einem Ruhrpottler ab. Der alte Oltmann kündigt einem, angeblich weil man während der Arbeitszeit einen gesoffen haben soll. Das hier haben mir alles meine Eltern hinterlassen. Aber Geld und Besitz allein sind nicht alles, junge Frau. Das lassen Sie sich mal gesagt sein."

„Meinen Sie mit dem alten Oltmann den Vater des Toten?"

„Hab für den seit Jahrzehnten als Heizungsmonteur gearbeitet. Mir die Knochen aufgerieben, seit meiner Lehrzeit. Wenn irgendwo mal – selbst an einem Sonn- oder Feiertag – eine Heizung ausgefallen oder eine Leitung undicht war, ich war immer zur Stelle. War mir für nix zu schade. Na klar, ich hatte meine Probleme, nachdem meine Ex weg war."

„Und was waren das für Probleme?", fragte Silke mitfühlend nach.

„Na ja, wenn die Frau plötzlich weg ist ... Dann hat man schon mal einen Flachmann mit auf der Arbeit dabei, so für alle Fälle."

„Was für Fälle denn?", bohrte die Polizistin nach, obwohl sie natürlich ganz genau wusste, was er meinte.

„Da haben Sie wahrscheinlich noch keine Erfahrung drin, junge Frau. Seien Sie froh ... Wenn man dann mal so den Moralischen kriegt. Meinen Sie, da interessiert einen Chef wie den Oltmann das Menschliche? Hauptsache, der Rubel rollt. Und nur weil sich vielleicht mal eine Kundin beschwert hat, weil sie mich mit einem Flachmann gesehen hat, oder was weiß ich ... Aber was soll das, das ist alles Geschichte. Hab ich auch dem Kurt gesagt. Der, beziehungsweise sein Onkel, hatte mit dem jungen Oltmann ja auch schon so seine Probleme gehabt, wegen einer alten Grundstückssache. Und wer den teuersten Anwalt hat, der gewinnt. So ist das Spiel heutzutage."

„Um was für eine Grundstückssache ging es denn da?", wollte Bernd wissen.

„Da müssen Sie schon den Kurt selbst fragen. So genau weiß ich das auch nicht. Ich wollte ja auch nichts gesagt haben. Aber manchmal platzt es einfach so aus einem raus."

„Keine Sorge, Herr Henke, bei uns ist alles vertraulich aufgehoben", beruhigte Bernd ihn mit einem leichten Schmunzeln. „Aber wie lange haben Sie beide denn am Samstag hier noch beim Charlie getagt?"

„Das hat mich der Kurt auch schon am Telefon gefragt. Aber das kann ich Ihnen bei bestem Willen nicht sagen. Jedenfalls waren am nächsten Morgen zweieinhalb Flaschen leer. Zum Schluss haben wir den Cognac wohl pur getrunken, weil ich gar nicht mehr so viel Cola im Haus hatte. War ja eine spontane Geschichte gewesen. Sonst hätte ich in jedem Fall genug im Haus gehabt."

„Und Sie sind am Samstagabend dem jungen Oltmann nicht doch rein zufällig begegnet?", bohrte der Beamte noch mal nach.

„Auf dem Weg von Jan zu mir ganz bestimmt nicht. Und später kann ich mich an nichts mehr erinnern. Aber ich glaube kaum, dass ich noch mal aus dem Haus gegangen bin. Zumal die dritte Flasche noch halb voll war. Also an Nachschub hat es nicht gefehlt. Außerdem: Wo hätte man denn mitten in der Nacht noch was besorgen sollen? Also, warum hätte ich das Haus – dann sogar betrunken – noch mal in der Nacht verlassen sollen?"

„Vielleicht um Ihren Kumpel Kurt nach Hause zu begleiten?", dachte Silke laut nach.

„Na, Sie machen mir Spaß. So eine Frage kann auch nur von einer unerfahrenen jungen Frau kommen. Wir sind erwachsene Männer und können schon auf uns alleine aufpassen. Der Kurt braucht doch kein Kindermädchen, nur um nach Hause zu kommen. Und das gilt auch, wenn wir mal einen im Tee haben. Nach Hause finden wir irgendwie immer."

„Da ist was dran", bestätigte Bernd ihn mit einem breiten Grinsen.

„Du scheinst ja auch deine Erfahrungen zu haben", warf Silke mit einem vorwurfsvollen Blick auf ihren Kollegen ein.

Ohne darauf einzugehen, sagte Bernd: „Na gut, Herr Henke, vielen Dank für die Informationen und halten Sie sich auch künftig von den Ruhrpottfuzzis fern, es sei denn, die kommen in Uniform. Aber dann könnte es gefährlich werden."

„Wie meinen Sie das denn?", wollte Enno wissen.

„Nur so. Sie haben sich ja in der letzten Zeit ganz tapfer gehalten. Weiter so und schönen Tag noch."

Als die Polizisten auf der Rückfahrt nach Wittmund waren, sagte Bernd: „Ich glaube, die sind beide noch nicht aus der Nummer raus. Im Gegenteil: Beide hatten mit den Oltmanns ihre Probleme und ich hatte nicht den Eindruck, dass der Henke über den Tod von Torsten Oltmann besonders traurig war."

„Den Eindruck hatte ich auch nicht", bestätigte Silke.

„Das ist zwar jetzt um zwanzig Ecken gedacht. Aber es könnte doch sein, dass die beiden auf dem Weg zu Enno Henke nach Hause schon wieder Durst bekommen hatten und deshalb kurz in die Stechuhr rein wollten. Durch die Fensterscheibe haben sie dann zufällig Torsten und Katja an der Theke gesehen und wussten genau, irgendwann macht die Kneipe zu und dann muss Torsten, der ja in der gleichen Gegend wohnt wie Henke, bei dem Anleger des Traditionskutters vorbei. Vielleicht wollten sie ihm in der Dunkelheit nur mal eine Abreibung verpassen. Das ist dann schiefgegangen und so ist der Tote im Hafenbecken gelandet. Anschließend sind die beiden zu Henke nach Hause und haben sich die Binde zugegossen, damit das wie ein Alibi aussieht."

„Vielleicht gar nicht so weit hergeholt", spann Silke den Faden weiter. „Es könnte doch sogar sein, dass die sich inzwischen bei dem Henke mit 'ner Flasche versorgt und dann Torsten Oltmann bei den Bänken am Anleger aufgelauert haben. Und am Sonntagmorgen ist der Bergedorf als harmloser Jogger da vorbei, um zu gucken, ob die Leiche inzwischen mit der Ebbe rausgetrieben wurde. Die hatte sich aber am Anleger verfangen. Und dann tat er ganz harmlos und hat die Notrufnummer gewählt. Wir haben das ja immer wieder, dass sich Täter sogar an der Suche nach ihren Opfern beteiligen."

„Bin mal gespannt, was Bert und Nina zu unseren Überlegungen sagen werden."

Kapitel 16

„Mensch, Bert, gut, dass du dich meldest. Wir hatten schon mehrfach versucht dich zu erreichen."

„Hab ich gesehen, deswegen habe ich mich jetzt auch gemeldet. Aber ich hatte das Handy stumm geschaltet, solange ich bei der Witwe war."

„Hier hat das Telefon in der Angelegenheit Torsten Oltmann heute Morgen nicht still gestanden. Da scheinen noch einige Leute vom Verein in der besagten Zeit unterwegs gewesen zu sein und auch die eine oder andere Beobachtung gemacht zu haben", sprudelte es aus Nina Jürgens heraus.

„Einer davon, Otto Gahm, ist als Rentner den ganzen Tag zu Hause. Vielleicht kannst du den noch vor dem Termin bei den Schmitz dazwischenschieben. Der hat nämlich Katja Schmitz und Torsten Oltmann noch bei der Wohnung von der Schmitz beobachtet."

„Danke, ich werde mich gleich mal zu Otto Gahm auf den Weg machen. Die Adresse kannst du mir auf mein Smartphone schicken. Das schaffe ich dann noch vor dem Termin bei den Eheleuten Schmitz."

„Übrigens, wir sollten vielleicht einige Mitglieder aus dem Verein auch mal näher unter die Lupe nehmen. Ein Anrufer, der aber seinen Namen nicht nennen wollte, weil er angeblich Angst hat, da in irgendetwas reingezogen zu werden, hat von einem Streit berichtet. Danach soll der tote E-Jugend-Trainer mit dem Vater eines der Jungen eine heftige Auseinandersetzung wegen der Fußballförderung von dessen Sohn gehabt haben. Und dieser Vater soll Torsten Oltmann sogar gedroht haben, ihn allezumachen, wenn sein Sohn nicht in die Förderung käme."

„Hat der Anrufer denn den Namen von diesem Vater genannt?"

„Ja, Benno Rutkowski. Der soll in Harlesiel eine Pension und mehrere Ferienwohnungen haben."

„Okay. Vielleicht kannst du den ja übernehmen?"

„Mache ich. Und wie war der Termin bei der Witwe?"

„Die können wir wohl nach meiner Einschätzung als Täterin ausschließen. Werde ich bei der nächsten Lagebesprechung noch drauf eingehen. Aber was mich im Moment brennend interessiert: Haben wir schon ein Ergebnis von unserer Spurensuche in Bezug auf die beiden Holzbänke bei dem Anleger, wo der Tote gefunden wurde?"

„Nein. Darauf warte ich noch. Aber unsere Spusi hatte die Bänke bereits im Auge gehabt und an einer sogar Haare gefunden, die jetzt mit dem Toten abgeglichen werden."

„Na gut, wenn noch was sein sollte, melde dich. Ansonsten melde ich mich auch zwischen und nach meinen Gesprächen."

***

„Moin, Herr Gahm, Sie hatten sich telefonisch bei unserem Kommissariat in Wittmund gemeldet?"

„Ja, Herr Kommissar, kommen Sie rein. Ich hatte Sie eigentlich erst heute Nachmittag erwartet. Deswegen habe ich auch noch nicht aufgeräumt. Ihre Kollegin hatte mir nämlich gesagt, dass Sie heute Vormittag noch andere Termine haben. Tee oder Kaffee?"

„Also, einen Kaffee hatte ich gerade schon. Eine Tasse schönen Ostfriesentee mit Kluntje und Wölkchen wäre jetzt gerade recht."

„Sollen Sie haben. Bei einer schönen Tasse Tee schnackt es sich auch viel besser. Nehmen Sie doch bitte schon mal im Wohnzimmer Platz. Ich verschwinde mal für einen Moment in die Küche. Wir könnten uns normalerweise auch in meine Küche setzen, da ist es ja immer noch am gemütlichsten. Aber wir hatten gestern Abend Skatrunde. Die hat dann doch etwas länger gedauert und ich habe noch nicht Klarschiff gemacht."

„Kein Problem, mir ist das Wohnzimmer genauso recht."

Kaum hatte Bert Linnig es sich auf dem uralten Sofa bequem gemacht, soweit die Sprungfedern das noch zuließen, da ging sein Smartphone. „Ja, Nina, was gibt's?"

„Hallo Bert, wir haben gerade den Bericht der Kollegen aus Wilhelmshaven gemailt bekommen. Die waren bei der Spedition von Gerd Schmitz. Also nach dem Fahrtenschreiber wurde der Lkw tatsächlich um einundzwanzig Uhr dreiundfünfzig auf dem Parkplatz der Spedition abgestellt. Die Papiere und den Wagenschlüssel hat Gerd Schmitz so zwischen zweiundzwanzig und dreiundzwanzig Uhr beim Disponenten ins Fach gelegt. So genau wusste der Disponent das aber nicht mehr, weil er wohl furchtbaren Stress gehabt hatte."

„Wieso hatte der denn am Samstagabend kurz vor Mitternacht solchen Stress? Normalerweise stehen doch die meisten Trucks wegen des Sonntagsfahrverbots um diese Zeit bereits."

„Eine berechtigte Frage. Einer seiner Lkw hatte einen sehr schweren Unfall auf der Autobahn verursacht. Sogar mit mehreren Toten. Dabei soll der Fahrer die zulässige Lenkzeit erheblich überschritten haben. Sicher, weil er unbedingt noch vor dem Sonntag zu Hause sein wollte. Andernfalls hätte er wegen des Sonntagfahrverbots bis Sonntagabend auf irgendeinem Parkplatz warten müssen."

„Wenn man so etwas hört, könnte man das Kotzen kriegen. Und dabei wird nach Berichten unserer Kollegen von der Autobahn die Überschreitung der Lenkzeiten von vielen immer noch als Kavaliersdelikt betrachtet."

„Sehe ich ganz genauso."

„Haben denn die Kollegen schon eine Info von dem Disponenten, wann der Schmitz wieder auf Tour geht? Er hatte mir nämlich gesagt, dass der Disponent ihn diesbezüglich noch anrufen würde."

„Die Kollegen haben geschrieben, dass Herr Schmitz seine nächste Tour erst wieder ab Mittwochnachmittag um sechzehn

Uhr hat. Bis dahin müsste er also zu Hause in Carolinensiel verfügbar sein."

„Vielen Dank, Nina … Bin jetzt noch bei Otto Gahm und melde mich nachher noch mal."

Otto Gahm kam mit dem Tee. „Ein Kluntje, Herr Kommissar?"

„Ja, gerne."

Die Sahnewölkchen breiteten sich in den Teetassen aus und zeichneten fantastische Gebilde in den Tee. Beide Männer schauten gebannt auf dieses speziell friesische Zeremoniell, bevor sie dann genüsslich ihren Tee schlürften.

„So geht es einem doch gleich viel besser. Seit meine Jette nicht mehr lebt, muss ich das leider meistens alleine zelebrieren. Das macht dann mit einem Besucher wie Ihnen gleich viel mehr Spaß. Obwohl der Anlass doch eigentlich ein ganz trauriger ist."

„Da haben Sie recht. Was haben Sie denn in diesem Zusammenhang beobachtet?"

„Ja, das war so. Am Samstag hatte Jan Grube, ein Ehrenmitglied – genau wie ich – in unserem VfB Carolinensiel, seinen fünfundsiebzigsten Geburtstag gefeiert. Und da waren auch die meisten Mitglieder aus dem Verein mit dabei. Zumindest die Männer, denn Jan ist auch schon länger Witwer, da kommen bei so was dann meistens nicht mehr so viele Frauen mit. Höchstens ein paar von den Älteren, die Jan dann auch schon seit vielen Jahren kennen. Na, wenn die Jüngeren Geburtstag feiern, dann geht das meistens bis in den frühen Morgen. Aber bei uns Älteren ist, was das Feiern angeht, schon so ein wenig die Luft raus. Und die meisten von uns vertragen auch nicht mehr so viel. Der eine hat es mit dem Magen und der andere mit dem Herzen. Ich selbst vertrag auch nicht mehr so viel wie früher."

„Das kann ich gut verstehen", unterbrach der Kommissar den Redefluss des Rentners, der sich offensichtlich darüber freute, mal wieder einen Zuhörer gefunden zu haben. „Dann hatten

Sie sicher auch noch nicht so viel getrunken, als Sie nach Hause gegangen sind."

„Das haben Sie genau richtig erkannt. Ich hatte wirklich nicht allzu viel getrunken, vor allem bei dem Schnaps hatte ich mich zurückgehalten."

„Wissen Sie denn noch, wie viel Uhr es war?"

„Das muss wohl so gegen elf Uhr gewesen sein, als ich bei Jan weg bin. Und bis zu dem Haus, wo Katja Schmitz wohnt, ist es nicht allzu weit."

„Ja und was haben Sie dann beobachtet?", versuchte der Kommissar die Angelegenheit schneller auf den Punkt zu bringen.

„Herr Kommissar, wenn Sie das verstehen wollen, dann müssen Sie vorher noch was über Katja Schmitz wissen. Obwohl die erst ein halbes Jahr da ist, kennt die bestimmt bald jeder im Verein. Denn so wie die mit ihrem Hintern wackelt und ihren Busen rausstreckt, da kann selbst ich als uralter Sack kaum dran vorbei gucken, geschweige denn die jüngeren Kollegen im Verein. Und dann sehe ich die doch zusammen mit Torsten, dem Trainer unserer E-Jugend. Und das um diese nachtschlafende Zeit."

„Was haben Sie denn genau gesehen?", versuchte Kommissar Linnig das Gespräch nochmals zu beschleunigen.

Aber Otto Gahm ließ sich weder aus der Ruhe bringen noch unter Druck setzen, im Gegenteil. „Darf ich Ihnen noch Tee nachgießen?" Das Kluntjestück knackte leise, als er den heißen Tee darüber goss.

Und erst, nachdem er selbst dann in aller Ruhe ein, zwei Schlucke Tee genommen hatte, fuhr er fort. „Ja, Herr Kommissar, da standen Torsten und Katja vor der offenen Haustür zum Treppenhaus, wo die Katja wohnt. Das war gut zu sehen, weil die beiden voll im Lampenschein der Eingangsbeleuchtung standen. Sie sprachen miteinander."

„Konnten Sie denn verstehen, worüber die beiden sprachen?"

„Nein, leider nicht. Da ich auf der anderen Straßenseite stand, konnte ich nicht verstehen, um was es ging. Außerdem höre ich auch schon nicht mehr so gut wie früher. Aber so wie es aussah, hat Katja wohl den Torsten eingeladen, mit nach oben in die Wohnung zu kommen. Jedenfalls sind die beiden in den Hausflur rein und dann die Treppe hochgegangen. Ich hab mir noch gedacht, wie Torsten das wohl mit seiner Wibke klarkriegen wird. Die ist immer so eifersüchtig. Das wissen doch alle im Verein. Wibke regt sich ja schon auf, wenn ihr Mann sich nur etwas zu lange mit einer anderen Frau unterhält. Na ja, aber ich will ja nichts gesagt haben. Denn Wibke mögen wir sonst alle im Verein. Sehr sogar."

„Und Sie sind sicher, dass Torsten Oltmann dann auch wirklich mit in die Wohnung gegangen ist?"

„Absolut. Ich hab sogar noch gewartet, bis das Flurlicht ausgegangen ist. Und außerdem war dann – wohl im Wohnzimmer – das Licht angegangen und ich sah durch die Gardinen den Torsten am Fenster vorbeigehen. Na, und dann bin ich weiter nach Hause gegangen. Das war alles, Herr Kommissar."

„Vielen Dank, Herr Gahm, für den leckeren Tee und Ihre Aussage. Sie haben uns sehr geholfen. Es könnte sein, dass wir dazu noch ein Protokoll brauchen. Aber dann melden wir uns noch mal bei Ihnen."

„Jederzeit wieder gerne, Herr Kommissar."

Kapitel 17

„Hallo Nina, du bist noch im Kommissariat?"

„Ja, aber ich fahre gleich los zu dem Termin bei Benno Rutkowski in Harlesiel."

„Na, ich bin jetzt endlich bei Otto Gahm rausgekommen. Eigentlich ein netter, honoriger Rentner, wohl so an die achtzig, trotzdem noch ganz rüstig, aber schon verwitwet. Und daher sicher froh, wenn er mal jemanden zum Reden hat. Am liebsten hätte der mir wohl noch die ganze Vereinsgeschichte erzählt. Aber so wie er sagte, hat er gesehen, dass Katja Schmitz den Torsten Oltmann tatsächlich mit in ihre Wohnung genommen hat. Er glaubt, Torsten auch im erleuchteten Wohnzimmer durch die Gardinen erkannt zu haben."

„Wir hatten hier inzwischen auch noch einen weiteren anonymen Anrufer, der seine Rufnummer unterdrückt hatte und auch seinen Namen nicht sagen wollte. Er sagte, dass er in der Samstagnacht unten am Haus der Schmitz vorbeigekommen ist. Oben im Wohnzimmer wäre schummerige Beleuchtung gewesen und durch das gekippte Fenster hätte man den Bolero von Ravel hören können. Außerdem hätte er auch deutlich das Lustgestöhne von Katja erkannt."

„Woher will der das denn so genau erkannt haben?"

„Das hab ich ihn auch gefragt. Da hat er aufgelegt. Na, das lässt eigentlich nur zwei Schlüsse zu. Entweder wollte der nur denunzieren, oder er hat selbst schon mal was mit der Schmitz gehabt."

„Das würde ich auch so sehen. War sonst noch was? Bevor ich dann den Schmitz noch mal auf die Pelle rücke, ich bin nämlich gerade auf dem Weg dorthin."

„Ja, es hat noch ein Gerrit Lanz angerufen, von dem habe ich aber die Adresse und Telefonnummer. Der hat zwar in der besagten Nacht nichts beobachtet, aber mir den Tipp gegeben, mal bestimmte Blogs im Internet aufzusuchen. Das habe ich inzwischen auch gemacht. Sehr aufschlussreich."

„Was hast du denn herausgefunden? Nun spann mich doch nicht so auf die Folter."

„Na, was denkst du denn? Nach dem, was wir bis jetzt schon so alles über die Schmitz gehört haben, wundert es doch gar nicht, dass offensichtlich auch im Karnevalsverein von Kerpen eine ähnliche Schose gelaufen ist. Jedenfalls wird sie von einigen anonymen Bloggern ganz offen als Flittchen an den Pranger gestellt. Die soll sich wohl auch da schon an einige Herren im Verein rangemacht haben. Aber wie sagst du das immer so treffend, nichts Genaues weiß man nicht."

„Trotzdem sehr aufschlussreich, wie du schon sagtest. Und ich kann das Gefühl nicht loswerden, dass Katja Schmitz in der ganzen Angelegenheit eine Schlüsselrolle einnimmt. Wird sicher ein spannendes Gespräch. Bin nämlich gleich da. Also bis später. Viel Erfolg bei Rutkowski", beendete Bert das Telefonat.

„Guten Tag Herr Schmitz, wir hatten einen Termin. Ich hätte an Sie und Ihre Frau noch so einige Fragen zu der Nacht vom letzten Samstag auf den Sonntag."

„Kommen Sie rein, Herr Kommissar. Meine Frau ist heute bei Theo Grafwalder putzen und unser Sohn kommt erst so um zwei aus der Schule. Trinken Sie ein Bier mit? Ach, Sie sind ja im Dienst, da dürfen Sie das wohl nicht, oder? Wenn ich nicht fahren muss, dann gönn ich mir schon mal so ein paar Bierchen. Obwohl mir hier oben an der Küste mein geliebtes Kölsch doch schon arg fehlt. Aber der Mensch gewöhnt sich an fast allet."

Die Fahne, die dem Kommissar entgegenschlug, sagte ihm, dass Gerd Schmitz wohl nicht die erste Flasche Bier an diesem Tag trank. Aber er war ja nicht zur Alkoholkontrolle hier und da sollte ihm das egal sein. Jedenfalls machte der Mann trotzdem noch keinen betrunkenen Eindruck auf ihn. Deshalb sagte er: „Ein Glas Wasser wäre nicht schlecht, Herr Schmitz."

„Hole ich Ihnen, gehen Se schon mal ins Wohnzimmer und nehm' Se Platz, ich komm gleich mit dem Wasser."

Kommissar Linnig war am Sonntag schon mal hier gewesen und kannte sich bereits aus. Wenn der anonyme Anrufer recht haben sollte, dann hatte sich Katja wohl hier in dem Wohnzimmer mit Torsten vergnügt. Und der Kommissar konnte es sich nicht verkneifen, einen genaueren Blick auf den Ständer mit den CDs zu werfen. Und gleich bei der dritten CD von oben wurde er fündig … der Bolero von Ravel. Also hatte der anonyme Anrufer zumindest da wohl richtig gehört. Jedenfalls gab es diese doch recht besondere CD in diesem Haushalt tatsächlich.

„So, Herr Kommissar, hier Ihr Wasser. Ich selbst trink aus der Flasche, bin eben ein Flaschenkind. Kenn' Se ja sicher auch. Na denn, prost."

Kommissar Linnig war nicht entgangen, dass Gerd Schmitz die Flasche beim Trinken in der linken Hand hielt, was auf einen Linkshänder hindeuten könnte.

„Stört es Sie, wenn ich eine rauche?"

„Machen Sie ruhig, es ist ja Ihr Zuhause."

„Vielleicht könn' Se mir mal gerade das Feuerzeug da rüberreichen."

„Achtung!", sagte der Kommissar und warf Gerd das Feuerzeug zu. „Sorry, ich wollte nur mal Ihre Reaktion nach dem Bier testen."

„Und? Test bestanden?"

„Einwandfrei. Ich glaube, das schaffen Sie sicher auch noch nach zehn Bier, oder?"

„Da könn' Se ein' drauf lassen. Oh, Entschuldigung, Herr Kommissar, bin hier ja nicht unter meinen Kumpels."

Bert hatte den kumpelhaften Ausspruch von Gerd Schmitz geflissentlich überhört. Was er wissen wollte, das wusste er jetzt. Der Mann war eindeutig Linkshänder, denn er hatte das Feuerzeug souverän mit der linken Hand aufgeschnappt.

„Also, Herr Schmitz, wir haben noch ein paar offene Fragen, die wir klären müssten. Dafür, dass Sie Ihren Lkw am Samstag um einundzwanzig Uhr dreiundfünfzig bei Ihrer Spedition abgestellt haben, liegt uns inzwischen die Bestätigung aus dem Fahrtenschreiber vor. Danach hatten Sie sich noch etwa eine Stunde in Ihre Koje gelegt, bevor Sie die Papiere und die Wagenschlüssel abgegeben haben, wie Sie sagten. Dafür konnten wir von Ihrem Disponenten aber leider keine konkrete Bestätigung bekommen. Haben Sie dafür vielleicht noch einen anderen Beleg oder Zeugen?"

„Na, dass der Disponent sich nicht gemerkt hat, wann ich Papiere und Wagenschlüssel ins Fach gelegt habe, hätt' ich Ihnen vorher sagen können. Der war nämlich teilweise mit zwei Telefonen gleichzeitig am Ohr so im Stress, dass der mich vielleicht noch nicht einmal bemerkt hat. Da hatte wohl ein Kollege auf der Autobahn einen schweren Verkehrsunfall verursacht. Der war wohl wegen Übermüdung eingepennt, wie ich das aus den Telefonaten des Disponenten heraushören konnte. Und wenn der Kumpel dann die Lenkzeit überschritten haben sollte, dann hat unter Umständen auch die Spedition ein Riesenproblem. Aber 'nen anderen Beleg oder Zeugen habe ich leider nicht."

„Gut, nehmen wir das erst einmal so als gegeben hin. Um wie viel Uhr sind Sie denn dann etwa in Carolinensiel angekommen?"

„Das muss so gegen halb eins gewesen sein. Und da hab ich direkt bei der Stechuhr gehalten, um mir noch schnell ein paar Zigaretten zu ziehen. Allerdings war da schon zu. Dann bin ich zu Fuß zum Hafen. Und weil ich dort auch keinen Automaten gefunden hab, bin ich sogar noch am Westhafen entlang bis zum Café beim Nationalpark-Haus gelaufen, weil ich da noch Licht gesehen hatte. Aber da war dann inzwischen auch schon alles dunkel, bis ich da war. Ja, und dann bin ich ohne Zigaretten wieder zurück. Gott sei Dank hatte ich noch ein paar Fleppen. Auf der Ostseite vom Hafen war nämlich auch alles schon dunkel. Na ja, wir sind ja auch nicht in der Saison."

„Wenn ich Sie jetzt richtig verstanden habe, dann sind Sie gegen dreiundzwanzig Uhr von Ihrer Spedition in Wilhelmshaven weggefahren?"

„Das ist richtig."

„Von Wilhelmshaven bis hierher fährt man doch aber keine eineinhalb Stunden. Was haben Sie denn in der Zwischenzeit gemacht?"

„Ob Sie es jetzt glauben oder nicht, ich war irgendwie kaputt an diesem Abend. Freitags ist auf den Autobahnen immer die Hölle los. Alle wollen nach Hause. Alle sind da wie bekloppt. Ich hab dann unterwegs noch mal anhalten müssen, mir drohten die Augen zuzufallen. Und ich kenn die Symptome vor dem Sekundenschlaf sehr genau. Wenn ich so fünfmal hintereinander gähnen muss, dann ist es bei mir bald so weit und dann suche ich mir lieber erst mal einen Parkplatz."

„Das ist ja sicher auch vernünftig. Aber ich muss hier ein Verbrechen aufklären und da zählen für mich immer nur die belegbaren Tatsachen. Und Tatsache ist nun mal, dass, wenn Sie um die von Ihnen angegebene Zeit sogar bis zum Café am Museumshafen gelaufen sind, dann waren Sie zur Tatzeit auch in unmittelbarer Nähe des mutmaßlichen Tatorts. Ist Ihnen denn da gar nichts aufgefallen?"

„Mich hat nur interessiert, wie ich an 'nen Zigarettenautomat komm. Und nachdem auch das Café bereits zuhatte und auf der anderen Seite auch alles dunkel war, bin ich dann auch wieder zu meinem Auto zurück. Es war zwar sternenklar und Mondschein, aber mir stand nicht der Sinn nach einem romantischen Hafenspaziergang bei Nacht. Da hab ich auch nicht weiter darauf geachtet, ob irgendwo am Hafen irgendetwas zu beobachten gewesen wäre. Begegnet ist mir jedenfalls niemand."

„Um wie viel Uhr waren Sie denn wieder bei Ihrem Auto? Und was haben Sie dann gemacht?"

„Also, ich hab ehrlich gesagt nicht darauf geachtet, wie spät es war, als ich wieder beim Auto war. Warum auch? Ich konnte zu diesem Zeitpunkt doch nicht ahnen, dass Sie mich danach fragen würden, oder? Dann hätte ich mir das natürlich sogar extra für Sie aufgeschrieben", antwortete Gerd lachend.

„Entschuldigung. Ich weiß, es geht um die Aufklärung eines Mordes. Und ich mache hier Witze."

„Schon gut. Sie hatten ausgesagt, und Ihre Frau hatte das ja auch bestätigt, dass Sie gegen ein Uhr bei Ihrer Frau eingetroffen sind. Von der Stechuhr bis zu Ihrer Wohnung sind es nur wenige Minuten. Daher zum wiederholten Mal die Frage, was haben Sie in der Zwischenzeit gemacht?"

„Kann ich mir eben noch mal ein Bier aus dem Kühlschrank holen? Und für Sie vielleicht noch ein Wasser, oder jetzt doch vielleicht ein Bier?"

„Wasser ist okay, danke."

Er will Zeit gewinnen, ging es Kommissar Linnig durch den Kopf. Irgendetwas will er mir nicht sagen. Und er wusste, sein kriminalistischer Instinkt hatte ihn da selten getrogen. Außerdem, die angebliche nochmalige Pause zwischen Wilhelmshaven und Carolinensiel, nachdem er gerade deswegen kurz vorher erst eine gute Stunde in seiner Koje gepennt hatte, erschien ihm auch nicht sonderlich glaubwürdig. Insbesondere bei einem Berufskraftfahrer, der es gewohnt sein musste, auch nach einer kurzen Ruhepause, in der Regel noch mal bis zu viereinhalb Stunden hinter dem Lenkrad sitzen zu müssen.

„Hier Ihr Wasser, Herr Kommissar." Und nachdem Gerd Schmitz dann einen tiefen Zug aus der neuen Bierflasche genommen hatte, kam er endlich auf die Frage des Kommissars zurück: „Also, ich kann mir den Kopf zermartern, wie ich will, aber ich hab mir die Zeiten einfach nicht genau gemerkt. Ich weiß nur, dass ich den Lkw kurz vor zweiundzwanzig Uhr abgestellt und etwa eine Stunde später die Papiere abgegeben habe und so gegen eins bei meiner Frau war. Tut mir leid. Mehr kann ich leider nicht sagen."

Für Kommissar Linnig stand fest, hier hatte ihm Gerd Schmitz gerade nicht die Wahrheit gesagt. Und Linkshänder war er auch noch. Das durfte man auch nicht aus den Augen verlieren. Dennoch, der erfahrene Kriminalist in ihm wusste: Alles bis jetzt nur Verdachtsmomente, aber noch keine schlüssigen Beweise.

Kapitel 18

„Moin, Herr Rutkowski, Nina Jürgens von der Kripo Wittmund. Wir haben vorhin telefoniert."

Nina merkte genau, wie ihr Gegenüber sie einzuschätzen versuchte.

„Moin, Frau Jürgens, kommen Sie rein. Tee oder Kaffee?"

„Ein Kaffee wäre jetzt nicht schlecht, danke."

Benno Rutkowski, ein kräftiger breitschultriger Mann mit einem deutlichen Bauchansatz, fast um zwei Köpfe größer als Nina, führte sie in das Frühstückszimmer der Pension. Jetzt, außerhalb der Saison, waren nur vereinzelt Gäste im Haus. Und die ließen sich jetzt vielleicht gerade bei einem Strandspaziergang eine steife Frühjahrsbrise um die Ohren wehen oder hielten auf ihrem Zimmer ein Mittagsschläfchen.

„Bitte sehr, Frau Jürgens. Milch und Zucker stehen auf dem Tisch. Und was kann ich sonst noch für Sie tun?"

„Nette Pension haben Sie hier", versuchte Nina sich erst einmal ein Bild von ihrem Gesprächspartner zu machen und eine lockere Gesprächsatmosphäre zu schaffen.

„Ja, dazu gehören auch noch ein paar Ferienwohnungen und Häuser hier in Harlesiel. Das hat mein Vater alles aufgebaut. Er und meine Mutter haben sich aber vor zwei Jahren zur Ruhe gesetzt und seitdem führen meine Frau und ich das Ganze hier."

„Herr Rutkowski, Sie sind ja offensichtlich noch ein Fußballfan nach altem Schrot und Korn, wie man früher zu sagen pflegte. Und die riesige Fahne vor Ihrem Haus zeigt auch gleich jedem, für welchen Verein Ihr Herz schlägt."

„Dat sehn se absolut richtig", antwortete Benno Rutkowski und die Begeisterung für dieses Thema ließ ihn in seinen alten Ruhrpott-Slang verfallen. „Einmal Schalke, immer Schalke! So sind wir aus'm Pott. Erst kommt Schalke … dann kommt noch mal Schalke und dann kommt erst mal 'ne ganze Weile gar nix … und dann erst kommt allet andere. Aber ich glaube, man muss in Gelsenkirchen geboren sein, um dat zu verstehen. Dat saugt man schon mit die Muttermilch ein und hat et in den Genen."

„Es geht mich zwar nichts an, aber gibt es da nicht manchmal auch Probleme mit Feriengästen? Die sind doch mit Sicherheit nicht alle Schalke-Fans."

„Ach, wissen se, Frau Jürgens, dat is' wie in mancher Ehe, man arrangiert sich. Und wenn dann zum Beispiel mal so ein echter BVB-Fan bei mir eingecheckt hat, dann hat man immer ein gemeinsamet Thema. Er spricht dann für seinen Verein und ich für meinen. Und das gegenseitige Frotzeln, dat gehört dann einfach dazu. Dat is' wie dat Salz an der Suppe. In aller Fairness, versteht sich. Wir sind hier ja nich' auf dem Fußballplatz, in der Fankurve. Hier sind einfach Männer nur unter sich. Und da gilt dann ausschließlich der Sportsgeist unter fairen Sportsmännern!"

„Und … Frauen, wenn Sie gestatten, Herr Rutkowski." Nina spürte förmlich, wie der Chauvinismus aus seinen Worten sie ansprang, und auf so etwas reagierte sie sehr empfindlich. Aber deswegen war sie jetzt nicht hier und sie musste sich selbst zur Ordnung rufen.

„Lassen Sie uns mal auf den Punkt kommen. Es geht um den Todesfall von Torsten Oltmann. In welchem Verhältnis standen Sie zu dem Toten?"

„Der soll doch ermordet worden sein. Is' dat richtig?"

„Na, ob das ein Mord war, das untersuchen wir ja gerade. Bis jetzt haben wir nur einen Todesfall, dessen Umstände wir jetzt aufklären wollen. Und in diesem Zusammenhang noch mal die Frage: In welchem Verhältnis standen Sie zu Torsten Oltmann?"

„Torsten ist … eh, war der Trainer von der E-Jugend in unserem hiesigen Verein. Da hat er auch unseren Sohn Kevin betreut. Wat soll ich da mehr zu sagen?"

„Was Sie mehr dazu sagen sollen, das müssen Sie mich nicht fragen, sondern sich selbst. Und meine Frage nach Ihrem Verhältnis zu Torsten Oltmann haben Sie immer noch nicht beantwortet." Irgendwie beschlich Nina das Gefühl, dass ihr Gesprächspartner versuchte, sich aus dieser Frage herauszuwinden. Und ihr kriminalistischer Instinkt war geweckt und jetzt hellwach.

„Na, wat soll ich da sag'n", druckste Rutkowski weiter rum. Schließlich schob er dann auf einmal offensichtlich sehr entschlossen und ohne Slang nach: „Der Torsten und ich hatten von dem Talent meines Kevin so unsere unterschiedlichen Auffassungen."

„Und was meinen Sie damit konkret?"

„Also … nach meiner fachlich kompetenten Einschätzung hat der Junge das Blut eines echten Schalkers in sich. Aber bei den Trainingsmethoden von diesem Torsten Oltmann konnte er das einfach nicht richtig zur Entfaltung bringen. Daher hatte ich Kevin auch für das nächste Trainingscamp zu Pfingsten angemeldet. Da hätte er auch mal die Chance auf andere Trainer gehabt. Aber Torsten hielt andere Jungen für talentierter, und da die Plätze rar sind, wollte er meinen Kevin nicht zulassen."

„Ja, und dann?", wollte Nina hartnäckig wissen.

„Na, wat glauben Se denn? Da kommt so ein Möchtegerntrainer vom Dorf und will mir, als geborenen Schalker, erzählen, wie Fußball funktioniert? Ham'se überhaupt 'ne Ahnung, wie man so wat im Pott regelt?" Benno Rutkowski geriet in Rage und war rot angelaufen. Dabei schlug er mit der Faust so heftig auf den Tisch, dass die Tassen hochsprangen und Ninas Tasse beinahe noch umgefallen wäre, wenn sie nicht reflexartig zugegriffen hätte. Wenn Benno Rutkowski jähzornig wurde, dann kannte er keine Verwandten mehr, wie er selbst zu sagen pflegte.

„Nein, aber ich habe genug Fantasie, um mir das vorstellen zu können, und ich würde Sie bitten, sich zu mäßigen!" Dabei hatte Nina plötzlich das Gefühl, irgendetwas Wichtiges gerade übersehen zu haben.

Benno Rutkowski aber war in Fahrt. „Nee, Frau Jürgens, dat glaub ich nich', dat Se dat können! Wenn et um dat

Fußballtalent von meinem Kevin geht, dann versteh ich einfach keinen Spaß mehr! Dann is' bei mir einfach Schicht! Versteh'n Se mich! Absolut Schicht!", brüllte er Nina an.

„Herr Rutkowski, bitte! Noch mal, mäßigen Sie sich! Das geht wesentlich leiser und in einem anderen Ton! Oder ich bestelle Sie für morgen in das Kommissariat nach Wittmund und wir machen da gleich eine offizielle Vernehmung draus." Nina hatte nicht sehr laut gesprochen, aber der warnende Unterton in ihrer Stimme hatte seine Wirkung nicht verfehlt.

„Entschuldigung, Frau Kommissarin." Benno Rutkowski hatte keine Ahnung, dass er gerade erneut bei Nina in ein Fettnäpfchen getreten war. Die ‚Kommissarin' war ihr nämlich ausgesprochen zuwider. Aber Nina überhörte das jetzt einfach mal und hakte gleich nach.

„Wo waren Sie denn eigentlich in der Nacht von Samstag auf Sonntag, Herr Rutkowski?"

„Ich, ähm … ich war … ähm … am Samstag? Ach so, am Samstag … da war ich zu einem Spiel von meinem Verein auf Schalke. Und da haben wir dann anschließend kräftig einen zur Brust genommen. Deshalb habe ich dann bei einem Kumpel in Gelsenkirchen übernachtet. Ich war wohl erst Sonntag am späten Nachmittag wieder zurück. Da können Sie meine Frau fragen." Und er ging zur Tür, um seine Frau zu rufen. „Tina!"

„Tina, wann war ich am Sonntag aus Gelsenkirchen zurück?", fragte er seine Frau, nachdem diese den Raum betreten und er sie vorgestellt hatte und sie und Nina sich begrüßt hatten.

„Das war wohl so zwischen siebzehn und achtzehn Uhr. Wir waren in der Küche noch bei den Abendessenvorbereitungen. Warum ist das so wichtig? Wird mein Mann etwa verdächtigt, etwas mit dem Tod von Torsten Oltmann zu tun zu haben?"

„Frau Rutkowski, wenn wir Ihren Mann konkret verdächtigen würden, hätte ich ihn entweder bereits festgenommen oder ihn zumindest darauf hingewiesen. Und dann wäre ich auch mit Sicherheit nicht alleine hier."

Trotzdem stellte sich Nina die Frage: Wieso hatte Herr Rutkowski bei der Antwort so gezögert, als hätte er etwas zu verbergen? Seine Frau hatte doch bestätigt, dass er in der fraglichen Zeit gar nicht da gewesen war. Somit war auch die Auseinandersetzung zwischen ihm und Torsten Oltmann eigentlich völlig ohne Bedeutung. Sie bedankte sich für den Kaffee und machte sich gedankenversunken auf die Rückfahrt zum Kommissariat. Dann kam ihr ein Geistesblitz und am liebsten hätte sie sofort das Blaulicht und die Sirene eingeschaltet, um möglichst schnell in ihr Büro zu kommen.

Kapitel 19

Kommissar Linnig hatte inzwischen sein drittes Glas Wasser vor sich stehen und Gerd Schmitz hatte sich mit einem weiteren Bier versorgt. Karsten war inzwischen von der Schule nach Hause gekommen. Sein Vater hatte ihm ein Müsli gemacht. Warm gekocht wurde bei den Schmitz erst zum Abend, wenn Katja auch wieder da war. Karsten hatte sich gerade in sein Zimmer verzogen, um seine Hausaufgaben zu machen, da kam auch Katja nach Hause.

„Hallo Herr Kommissar, Sie wollten noch mit mir sprechen?", fragte sie und gab ihrem Mann einen flüchtigen Kuss. „Ich bin gleich für Sie da, müsste aber erst mal dringend eine rauchen."

„Hallo Frau Schmitz! Stört mich nicht, wenn Sie hier rauchen wollen", erwiderte der Kommissar.

„Ach, guck an", sagte sie nach einem vielsagenden Blick auf den Aschenbecher auf dem Wohnzimmertisch. „Mein Mann hat ja auch schon wieder im Wohnzimmer geraucht. Na, dann spielt das eh keine Rolle mehr. Die Gardinen stinken dann sowieso schon. Glauben Sie, so was können Sie so einem Fernfahrer beibringen? Der hat doch auch in seinem Führerhaus immer die Fleppe im Gesicht. Und zu Hause vergisst er spätestens nach dem dritten Bier alle guten Vorsätze und Absprachen. Und die Frau kann dann wieder sehen, wie sie den Gestank aus den Möbeln und den Gardinen herausbekommt."

Bert hatte eigentlich keine Lust, sich einen Vortrag über die Rauchergewohnheiten einiger Fernfahrer anzuhören. Und Gerd, der alleine schon seitdem der Kommissar da war, inzwischen seine vierte Flasche Bier aus der Küche geholt hatte, setzte wohl gerade zu einer Rechtfertigungsrede gegenüber seiner Frau an. Bevor er loslegen konnte, versuchte ihn der Kommissar zu stoppen.

„Ich kann Sie ja verstehen, Frau Schmitz, aber es geht hier eigentlich weniger um Ihre oder die Rauchgewohnheiten Ihres Mannes. Es geht hier vielmehr um die Aufklärung eines gewaltsamen Todesfalles. Und dazu würde ich Ihnen in der Tat gerne unter vier Augen noch einige ergänzende Fragen stellen. Daher dürfte ich Sie, Herr Schmitz, vielleicht bitten, Ihre Frau und mich so lange alleine zu lassen?"

„Na klar. Kein Problem. Ich bin in der Küche, wenn Sie mich brauchen."

„Wenn Sie mich sogar unter vier Augen sprechen wollen, Herr Kommissar, dann muss ich mich ja wohl kurz noch mal etwas frisch machen, wenn Sie wissen, was ich meine." Katja konnte sich die zweideutige Bemerkung nicht verkneifen und verschwand mit einem hinterlistigen Grinsen im Bad. Ihr Mann schien inzwischen doch schon etwas biervernebelt zu sein. Jedenfalls hatte er ihre zweideutige Rede wohl gar nicht mehr mitbekommen, denn er zeigte darauf keinerlei Reaktion und schob in die Küche ab.

In dem Moment meldete sich Nina über Handy bei ihrem Chef: „Hallo Bert, geht es im Moment?"

„Eigentlich nicht, aber es ist trotzdem gut, dass du mich anrufst", antwortete er möglichst leise. „Ich möchte mein Handy während meines Gespräches hier anlassen und würde dich bitten, das Gespräch aufzuzeichnen. Ich weiß, das ist eigentlich so nicht erlaubt, aber ich habe so ein saukomisches Gefühl im Bauch."

„Okay, Aufzeichnung läuft."

„Danke, ich melde mich."

Katja kam aus dem Bad zurück und schloss die Wohnzimmertür hinter sich. Dann setzte sie sich in den Sessel, der seitlich von der Couch stand, auf der der Kommissar saß.

„So, Herr Kommissar, dann schießen Sie mal los mit Ihren Fragen. Darf ruhig intim werden. Ich bin da hart im Nehmen. Je härter, je lieber", feixte sie Bert frech ins Gesicht, während sie sich leicht vorbeugte und ihr tiefer Ausschnitt ihre aufreizende Weiblichkeit richtig zur Geltung brachte.

Doch den Angesprochenen schienen ihre weiblichen Reize völlig unbeeindruckt zu lassen. „Frau Schmitz, Sie hatten mir gestern gesagt, dass sich der getötete Torsten Oltmann kurz nach dreiundzwanzig Uhr vor Ihrer Haustür von Ihnen verabschiedet hat."

„Ja, das stimmt auch so."

„Wie erklären Sie sich dann, dass wir inzwischen die Aussage eines Zeugen haben, der gesehen hat, dass Torsten Oltmann mit Ihnen gemeinsam in das Treppenhaus hineingegangen ist?"

„Ja, das kann schon sein. Wir waren mit unserem Gespräch wohl noch nicht ganz zu Ende gewesen und draußen wehte ein kalter Wind. Wir haben uns im Hausflur gar nicht lange aufgehalten und kurz darauf auch schon verabschiedet. Torsten ist dann sofort gegangen. Da hätte Ihr heimlicher Beobachter sich schon die Mühe machen müssen, etwas länger zu warten."

„Hat er, Frau Schmitz, hat er. Er hat sogar so lange gewartet, bis oben in diesem Wohnzimmer das Licht angegangen ist und er den Torsten hier an dem Wohnzimmerfenster gesehen hat."

„Das ist ja wohl der Hammer! Die Leute schrecken auch vor gar nichts zurück. Wissen Sie, Herr Kommissar, ich glaube, ich bin einfach zu gutmütig. Ich weiß nicht, woran es liegt, dass Männer, auch aus unserem VfB hier, immer wieder glauben, dass sie alles mit mir machen können. Nicht nur, dass die mir eindeutige Angebote machen, die begrapschen meinen Busen, meinen Hintern und sonst noch was. Wenn ich denen dann was auf die Finger gebe und sie zurückweise, sind die auch noch zu Tode beleidigt. Und aus lauter Mitleid mit den Ehefrauen und Rücksicht auf den Familien- und Vereinsfrieden verzichte ich dann auch noch auf eine Anzeige wegen sexueller Belästigung gegen diese Männer. Und was machen diese Arschlöcher? Entschuldigen Sie, Herr Kommissar, aber da platzt mir einfach der Kragen! Diese geilen Ärsche rächen sich dann an mir auf eine so hinterhältige Art und Weise. Nur weil ich sie nicht rangelassen habe. Ich könnte kotzen." Katja war richtig in Fahrt gekommen.

„Wenn Sie mir den Namen von diesem geilen Bock sagen, kann ich Ihnen sicher hundertprozentig bestätigen, dass das einer von denen ist, die ich schon mal zurückgewiesen habe."

„Okay. Nehmen wir das jetzt einfach mal so als gegeben hin. Denn letztlich würde wahrscheinlich Ihre Aussage gegen die des Zeugen stehen."

„Darauf können Sie wetten!"

Katja schien immer noch ziemlich aufgebracht zu sein, dass jemand versucht hatte, sie zu denunzieren. Davon, dass es sich bei dem Zeugen um ein über achtzigjähriges Ehrenmitglied des Vereins handelte, sagte der Kommissar nichts. Stattdessen überlegte er, wie er möglichst legal an die CD mit dem Bolero kommen könnte, um diese auf Fingerabdrücke von Torsten Oltmann untersuchen zu lassen. Dass Torsten die CD eingelegt hatte, war zwar keineswegs sicher, aber es war zumindest eine Chance.

Jedenfalls war er inzwischen absolut davon überzeugt, dass Katja Schmitz ein ganz ausgekochtes, skrupelloses Luder war, das sicher auch nicht davor zurückschrecken würde, ihn selbst der sexuellen Belästigung bei diesem Gespräch zu bezichtigen. Und er war jetzt heilfroh, dass dieses Gespräch in seiner Dienststelle aufgezeichnet wurde. Und so sagte er ihr auch nichts von dem anonymen Anrufer, der den Bolero an dem besagten Abend durch das gekippte Fenster gehört haben wollte. Stattdessen stand er auf und ging zu dem CD-Ständer.

„Frau Schmitz, ich habe vorhin zufällig gesehen, dass Sie den Bolero auf CD haben. Vor einer Woche habe ich noch meiner Freundin davon erzählt. Ich hatte den nämlich auch schon mal. Aber ich glaube, den hat meine Frau bei unserer Trennung mitgenommen. Würden Sie mir die CD vielleicht mal für eine Woche ausleihen?"

„Na, Herr Kommissar, Sie sind mir ja vielleicht einer. Das hätte ich Ihnen gar nicht zugetraut. Aber Sie scheinen auch zu wissen, was guttut …, eh, ich meine gut ist. Und wenn ich nicht so glücklich verheiratet wäre, dann würde ich glatt sagen, wir sollten uns doch mal privat treffen. Aber ich glaube, Ihnen kann ich sicher vertrauen, wenn Sie mir versprechen, dass ich die CD auch wiederbekomme."

„Versprochen, Frau Schmitz. Wir sind dann auch schon fertig."

„Na, das ging ja schnell. Aber Sie sehen, manche Dinge klären sich eben schneller auf, als man denkt."

„Ja, manchmal ist das sicher so. Wäre schön, wenn sich immer alles so schnell klären ließe. Und vielen Dank für die Ausleihe der CD."

„Keine Ursache, Herr Kommissar." Katja war offensichtlich wieder in Hochstimmung. Schließlich glaubte sie mal wieder die Bestätigung dafür bekommen zu haben, alles und jeden nach Belieben im Griff zu haben.

Kapitel 20

Bert hatte es jetzt eilig, wieder ins Büro zu kommen, zumal Nina neue Informationen hatte. Tolle Einrichtungen, diese Freisprechanlagen heute in den Autos, dachte er, als er Ninas Kurzwahl eingab. „Hallo Nina, du kannst das Band jetzt wieder abschalten. Ich bin unterwegs ins Büro. Du hattest aber auch noch etwas Dringendes."

„Ja. Ich war inzwischen bei dem Rutkowski. Ein echter Schalke-Fan. Wogegen sicher nichts zu sagen wäre. Aber für mich leider auch ein fast schon krankhafter Fanatiker und selbst ernannter Fußballexperte, der seine Kompetenz nach eigener Aussage bereits mit den Genen und der Muttermilch in Schalke aufgenommen haben will."

„Muss ich das jetzt ernst nehmen? Oder kann ich auch darüber lachen?"

„Na, ich weiß nicht. Jedenfalls hat ein anonymer Anrufer gemeldet, dass der Rutkowski zu Torsten Oltmann gesagt haben soll, dass er ihn allemachen würde, wenn sein Sohn an Pfingsten nicht in die Fußballförderung kommt. Und Tatsache ist, dass Torsten den Kevin Rutkowski mangels Talent, so sagte mir das vorhin der Vereinsvorstand am Telefon, tatsächlich auch aus der Förderung genommen hat."

„Verdammt, Nina! Wie oft war Fanatismus schon die Ursache für solche Gewaltdelikte. Hast du denn bei dem Termin klären können, wo der Rutkowski sich zur Tatzeit aufgehalten hat?"

„Das ist ja gerade das Merkwürdige. Seine Frau hat mir bestätigt, dass ihr Mann erst am Sonntag zwischen siebzehn und achtzehn Uhr von einem Schalke-Spiel am Samstag in Gelsenkirchen zurückgekommen ist. Nach seiner eigenen Aussage haben sie am Samstag noch kräftig einen zur Brust genommen und er hat dann bei einem Kumpel in Gelsenkirchen bis Sonntag übernachtet."

„Na, dann brauchen wir doch nur noch die Bestätigung dieses Kumpels und dann ist der Rutkowski doch aus der Sache raus."

„Theoretisch. Aber ich habe mich mal schlaugemacht. Es hat am Samstag überhaupt kein Schalke-Spiel stattgefunden, weder in Gelsenkirchen noch sonst wo."

„Dann bestell den fachkompetenten Herrn Rutkowski mal für morgen zehn Uhr zu uns in die Dienststelle nach Wittmund. Dann werden wir ihm gemeinsam auf den Zahn fühlen. Bin gleich im Büro. Lagebesprechung für das Team in einer Stunde. Dann werde ich auch über meine Gespräche in Carolinensiel berichten."

„Also, Leute, tragen wir mal zusammen, was wir bis jetzt an Ergebnissen haben." Kommissar Linnig stand wieder an seinem Flipchart und sah erwartungsvoll in die Runde. „Bevor wir jetzt auf unsere Gesprächsergebnisse vom heutigen Tag kommen, wäre zunächst wichtig zu wissen, was unsere Spurensicherung an den beiden Sitzbänken beim Tatort ermittelt hat. Nina, vielleicht bringst du uns auf den aktuellen Stand."

„Also, die an der oberen Kante der einen Rückbank gefundenen Haare stammen eindeutig nicht von dem Toten. Allerdings sind unsere Leute woanders fündig geworden. An dem obersten Pfosten des Geländers zu dem kleinen Anleger, der sich neben dem Fundort der Leiche befindet. Dieser ist oben scharfkantig schräg abgeschnitten. Dort haben sie Haare und Hautpartikel des Opfers gefunden. Dies bestätigt tatsächlich unsere Vermutung, dass er wohl nach dem Schlag gegen sein Schläfenbein hintenüber gefallen ist und dabei mit Kopf und Nacken so unglücklich auf diese scharfe Kante des Pfostens geknallt sein muss, dass er einen Genickbruch erlitten hat. Nach dem Obduktionsergebnis ist er sofort tot gewesen."

„Silke und ich haben da an dem Geländer weiter unten auch noch Stofffasern von einer Fleecejacke gefunden. Gibt es dazu auch schon Informationen?", fragte Bernd.

„Auch da haben wir bereits ein positives Ergebnis", antwortete Nina. „Es sind eindeutig Fasern von der Jacke des

Toten. Wir können also davon ausgehen, dass der Täter den bereits toten Torsten Oltmann die paar Stufen der Treppe heruntergezerrt und von dort aus den Leichnam auf der Seite zum historischen Segler hin ins Wasser geworfen hat. An den Verstrebungen des Anlegers hat sich dann die Leiche verfangen, wo sie am Sonntagmorgen aufgefunden wurde."

„Wurde denn inzwischen auch der Gegenstand gefunden, mit dem der Schlag gegen die Schläfe ausgeführt worden ist?", wollte Bert Linnig wissen.

„Nein, da ist man bisher nicht fündig geworden", antwortete Nina. „Aber unmittelbar hinter den besagten Sitzbänken sind ein paar Holzpfosten in das Wegepflaster eingelassen worden, die wohl wildes Parken verhindern sollen. Bei dem einen fehlt ein halber Ziegelstein des historischen Wegepflasters. Unsere Leute vermuten, dass Kinder diesen beim Spiel vielleicht mal ausgegraben und liegen gelassen haben. Es könnte sich dabei um den Gegenstand handeln, mit dem Torsten Oltmann der Schlag gegen sein Schläfenbein versetzt wurde. Vielleicht liegt der Ziegel jetzt im Schlick vom Museumshafen."

Bert Linnig hatte die Stichworte auf dem Flipchart notiert. „Danke, Nina. Wenn dazu jetzt keine weiteren Fragen sind, komme ich zu meinen Gesprächsergebnissen von heute."

Bert Linnig informierte sein Team über seine neusten Erkenntnisse. Nachdem er abschließend noch mit einem süffisanten Grinsen seine Story, wie er ganz legal an die CD mit dem Bolero gekommen war, zum Besten gegeben hatte, meldete sich Silke Jansen zu Wort.

„Kurz vor unserem Meeting hat unser Labor bereits bestätigt, dass sich die Fingerabdrücke des Toten tatsächlich darauf befinden."

„Na, Nina, dann hat dein anonymer Anrufer von heute Morgen ja wohl doch die Wahrheit gesagt. Und man fragt sich in der Tat, woher der das Lustgestöhne von Katja Schmitz von einem x-beliebigen Pornostreifen unterscheiden konnte", merkte Bert an.

„Das lässt sich ja denken."

„Für mich erhärtet sich immer mehr der Verdacht, dass die Schmitz, direkt oder indirekt, in irgendeinem Zusammenhang mit dem Tod des Fußballtrainers steht", dachte der Kommissar weiter laut nach.

„Wäre es nicht auch denkbar", begann nun auch Nina laut nachzudenken, „dass Herr Schmitz doch früher nach Hause gekommen ist, als er uns weismachen will? Vielleicht hat er das Gleiche gehört wie mein anonymer Anrufer. Dann hat er gewartet, bis der Oltmann sich auf den Heimweg macht, und ist ihm dann bis zum Tatort gefolgt, um ihm da den Schlag zu verpassen."

„Nicht auszuschließen. Das wäre auch eine Erklärung für seine merkwürdigen Zeitangaben", ging Bert auf diesen Gedanken ein. „Allerdings versuche ich mir gerade vorzustellen, wie dieser Hering von Schmitz dem sportlich trainierten Hünen von Oltmann erst unbemerkt folgt, ihn stellt und ihm dann auch noch von vorne einen Schlag mit einem Stein verpasst. Der Schmitz ist nämlich Linkshänder und müsste daher von vorne zugeschlagen haben."

„Das ist in der Tat schwer vorstellbar", sinnierte Nina weiter, „denn das wäre sicher nicht so gut für den Schmitz ausgegangen. Aber nehmen wir mal an, dass die Schmitz und der Oltmann beim Sex oder danach miteinander gesprochen hätten. Dann wäre es doch möglich, dass Gerd Schmitz erkannt hat, wer da oben mit seiner Frau zugange war. Dann konnte er sicher davon ausgehen, dass der Oltmann bald zu sich nach Hause schleichen würde. Dann wäre es doch auch für den Schmitz denkbar, dass er ihm am Hafen aufgelauert und den Überraschungseffekt entsprechend für sich genutzt hat."

„Das sollten wir mal im Hinterkopf behalten. Durchaus denkbar. Den Schmitz bestellen wir für morgen früh um neun Uhr noch mal zu einer offiziellen Vernehmung. Auf eine erneute Vernehmung seiner Frau möchte ich aber zunächst verzichten. Die tischt uns sowieso nur eine Lüge nach der anderen auf. Bezüglich der Fingerabdrücke von dem Toten auf der CD würde sie uns wahrscheinlich erzählen, dass sie ihm diese vor einiger Zeit mal ausgeliehen hatte. Aber Nina, du hast doch noch mit einem Vater von einem Jungen der E-Jugend gesprochen, bei dem es auch so einige Ungereimtheiten gibt."

Nina berichtete zunächst von dem anonymen Hinweis auf Benno Rutkowski und dessen Drohung gegen den E-Jugend-Trainer.

„Warum wollte denn der Anrufer seinen Namen nicht nennen?", fragte Bernd nach.

„Gesagt hat er, dass er da in nichts reingezogen werden will. Aber ich hatte das Gefühl, dass der eine Heidenangst vor Rutkowski hatte. Ich hab den heute kennengelernt, ein Riesenkerl und fanatischer Choleriker und …" In diesem Moment fiel Nina wieder ihr komisches Gefühl ein, etwas bei dem Mann übersehen zu haben. „… und er ist Linkshänder! Jedenfalls hat er mit der linken Faust so auf den Tisch gehauen, dass ich gerade noch mit Mühe meine Kaffeetasse vor dem Umkippen retten konnte. Außerdem, nichts gegen Fußballfans von welchem Verein auch immer, aber der machte auf mich schon einen fast krankhaft fanatischen Eindruck als Schalke-Fan. Nichts gegen dich und deinen Verein, Bernd."

Polizeiobermeister Guben grinste: „Ich sag doch immer, ihr habt alle keine Ahnung von Fußball. Da gibt es nämlich nur einen Verein."

„Genau, Bernd, so was Ähnliches hat der auch gesagt. Aber der kam dann noch mit fußballerischer Fachkompetenz, die nach seiner Meinung wohl nur ein geborener Schalker mit der Muttermilch und den Genen automatisch mitbekommt. Und das gilt auch für seinen Sohn, Kevin. Jedenfalls versteht er bei diesem Thema keinen Spaß. Da ist bei ihm einfach absolut Schicht, wie er sich wörtlich ausgedrückt hat, was immer er damit auch gemeint haben mag."

„Das kann so ziemlich alles bedeuten", warf Bernd ein. „Ich bin ja auch in Gelsenkirchen geboren und aufgewachsen, wie ihr wisst. Damit will er, vornehm ausgedrückt, erst einmal sagen, dass seine Geduld absolut am Ende ist. Das kann in dieser Form jetzt eine reine – weiter nichtssagende –

Drohgebärde sein. Das kann aber auch bedeuten, dass der Bedrohte mit einer ernsthaften Gefahr für Leib und Leben durch Benno Rutkowski zu rechnen hat. Das hängt jetzt eben sehr stark von dessen Charakter und Persönlichkeit ab. Zum Beispiel, wie hoch ist seine Aggressivität und Gewaltbereitschaft."

„Danke, Bernd, für deinen aufschlussreichen Hinweis. Wie bereits gesagt, Rutkowski ist ein fanatischer Choleriker, mit sogar sehr hohem Aggressionspotenzial. Sicher keine angenehme Mischung. Na, jedenfalls haben wir ihn für morgen früh um zehn Uhr noch mal zu einem Gespräch mit Bert und mir einbestellt", ergänzte Nina.

„Wie ist denn eigentlich euer Gespräch mit Enno Henke verlaufen?", wollte Bert dann von Silke und Bernd wissen.

„Na ja, als Erstes hat er mich schon an der Tür erkannt und sofort reklamiert, dass er sich nicht mehr geprügelt hätte", berichtete Bernd lachend. „Dann tat er so, als könne er sich gar nicht vorstellen, warum wir ausgerechnet ihn zu der Angelegenheit befragen wollten. Wobei Kurt Bergedorf vorher schon mit ihm telefoniert hatte, wie sich später herausstellte. Es verwundert daher auch nicht, dass er die Aussagen von Bergedorf im Wesentlichen bestätigt hat. Auch bei ihm hätte es einen Filmriss gegeben. In der fraglichen Zeit vor und nach Mitternacht fehlt auch ihm, wie seinem Saufkumpan, jegliche Erinnerung."

„Also keine verwertbaren Erkenntnisse, wie es aussieht", bemerkte Bert.

„Vielleicht doch", meldete sich Silke zu Wort. „Genau wie der Jogger sprach auch er davon, dass sie auf dem Weg von der Geburtstagsfeier zu ihm nach Hause im Gespräch vertieft gewesen seien und somit nicht auf die Umgebung geachtet hätten. Da habe ich nachgefragt, was das denn für ein spannendes Thema gewesen wäre, über das er sich mit seinem Vereinskollegen so angeregt unterhalten hätte."

„Erst dachte ich, was soll denn diese blöde Frage von Silke", hakte Bernd hier ein, „und die Reaktion von Henke war auch entsprechend. Er sagte, dass Silke das nichts anginge. Aber dann … Erzähl mal weiter, Silke, das ist dein Part."

„Ja, dann sagte er fast wörtlich: ‚Was weiß denn ich, vielleicht über die Ungerechtigkeiten dieser Welt.' Worauf ich einhakte, ihm ginge es doch offensichtlich gut. Daher könnte ich mir kaum vorstellen, was er so ungerecht fände. Und dann ließ er die Katze aus dem Sack. Nämlich, dass ihm die Frau abgehauen und er dann mit Flachmann zur Arbeit sei, für den Fall, dass er mal einen Moralischen bekäme, wie er das ausdrückte. Und dann habe ihn sein Chef wegen Alkohol gefeuert und seitdem sei er Frührentner. Und jetzt ratet mal, wer dieser Chef war."

„Doch nicht etwa Torsten", tippte Nina ins Blaue.

„Torstens Vater. Und mit Torsten selbst hat der Bergedorf zudem ein Problem wegen einer Grundstücksgeschichte", fuhr Silke mit ihrem Bericht fort.

„Mensch, Silke, das ist ja sonst eigentlich Ninas Part bei solchen Gesprächen. Das nenne ich weibliche Intuition, auf so was kommen wir Männer überhaupt nicht. Super!"

„Also, Bernd und ich kamen jedenfalls zu dem Schluss", fuhr die Polizistin mit stolzer Miene in ihrem Bericht fort, „dass beide durchaus ein handfestes Motiv für eine Gewalttat gegenüber dem Toten hatten. Auf der Rückfahrt hatte Bernd da auch schon so eine Idee."

„Dann lass mal hören, Bernd", forderte Bert ihn auf.

Bernd berichtete von den gemeinsamen Überlegungen mit Silke auf der Rückfahrt, wonach die Sauforgie vielleicht nur als Alibi gedient haben könnte.

Als Bernd geendet hatte, fasste Bert noch einmal zusammen: „Interessante Schlussfolgerungen von euch beiden. Ich glaube, Nina, die beiden machen uns bald arbeitslos. Aber jetzt mal Spaß beiseite. So weit hergeholt sind eure Überlegungen gar nicht. Mir ist ja auch bei Herrn Bergedorf bei der Identifizierung des Toten aufgefallen, dass der keine der normalerweise in solchen Fällen üblichen emotionalen Reaktionen zeigte. Immerhin lag da ein Vereinskollege und

Trainer aus seinem Verein. Die müssen sich doch seit Jahren gekannt haben. Da geht man doch wenigstens mal einen Moment in sich. Er muss ja nicht gleich in Tränen ausbrechen, aber zumindest ein wenig Anteilnahme. Aber nichts, fast hätte man meinen können, der freut sich sogar darüber. Deswegen werden die beiden auch für morgen einbestellt. Silke koordiniert den Terminplan. Nina und ich werden sie uns vornehmen."

Nina informierte das Team noch über den Anruf eines Peter Ott, der Katja und Torsten vor der Stechuhr hatte zusammenstehen sehen. Ferner über den Anruf von Gerrit Lanz und seinen Hinweis auf diverse Blogs über Katja Schmitz im Internet.

„Das sind zwar alles interessante Informationen, aber leider noch keine verwertbaren Beweise", resümierte Bert. „Konzentrieren wir uns morgen auf die anberaumten Anhörungen und Vernehmungen, vielleicht kommen wir damit ein paar Schritte weiter. Unabhängig davon können wir bei Frau Schmitz aber wohl davon ausgehen, dass sie tatsächlich kein unbeschriebenes Blatt ist und irgendetwas mit dem Fall zu tun hat.

Und nach meiner Einschätzung ist sie sogar eine notorische Lügnerin, die – fast wie aus dem Lehrbuch – auch nicht so ohne Weiteres über ihre Körpersprache zu entlarven ist. Die würde sicher auch nicht davor zurückschrecken, zum Beispiel sogar einen Polizeibeamten eines sexuellen Übergriffs auf sie zu bezichtigen, wenn sie der Meinung wäre, dass ihr das nützen könnte. Bei ihr ist wirklich allergrößte Vorsicht geboten. Daher meine Anweisung: Gespräche mit ihr werden künftig nur noch durch zwei Beamte gleichzeitig geführt."

Kapitel 21

„Moin Hilda, ich hoffe, wir kommen nicht ungelegen. Es ist ja ein schrecklicher Anlass."

„Moin Enna, moin Anne, kommt rein. Ich glaube, wir gehen erst mal in die Küche. Wibke ist erst vor einer halben Stunde im Wohnzimmer auf der Couch etwas eingeschlafen, nachdem sie noch mal eine Beruhigungstablette eingenommen hatte. Da möchte ich sie nicht gleich wieder stören."

„Mein Gott, Hilda, in was für Zeiten leben wir bloß? Und das ausgerechnet in unserem beschaulichen Caro. Und dann auch noch dein Schwiegersohn, den doch eigentlich alle gut leiden konnten."

„Enna, du hast ja so recht. Wir sind alle völlig fertig. Mit dem Ole waren wir schon in Wittmund bei einem Psychologen. Wir fühlten uns einfach damit überfordert. Wie sollten wir dem Kind nur beibringen, dass sein geliebter Vater und sein großes Vorbild nicht mehr lebt? Geschweige denn mit ihm über die Umstände seines schrecklichen Todes sprechen."

„Ach du liebe Güte, das muss für das Kind ja furchtbar sein. Für uns Erwachsene ist das ja schon ein Schock. Wie wird der Kleine denn damit jetzt fertig?"

„Das wissen wir auch noch nicht so genau. Wir haben gemeinsam mit dem Psychologen das Gespräch mit ihm geführt. Der Psychologe sagte, es könne noch eine Weile dauern, bis er das wirklich als Tatsache realisiert. Er meinte, dass das kindliche Gemüt da so seine eigenen Mechanismen hat, mit einem solchen schrecklichen Schicksalsschlag umzugehen. Und jedes Kind reagiert da wohl anders. Wir sollten Ole für diese Woche aus der Schule nehmen und ihn sehr genau im Auge behalten. Na, und dann haben wir noch mal wieder einen Termin. Wir werden sehen. Aber ich habe schon einen Tee für uns vorbereitet."

Nachdem die drei Frauen die ersten Schlucke von ihrem köstlichen Friesentee mit Kluntje und Wölkchen genossen hatten, schienen sich auch die Emotionen wieder etwas zu beruhigen.

„Ach, unser Tee ist doch das beste Beruhigungsmittel, das ich kenne", sagte Enna.

„Aber er kann auch genauso anregend sein, wenn man das mal braucht", fügte Hilda hinzu. „Aber Anne, du hast ja noch gar nichts gesagt."

Die Angesprochene schüttelte nur stumm mit dem Kopf und als hätten sich da plötzlich Schleusen geöffnet, kullerten ihr hemmungslos die Tränen aus den Augen.

Enna, ihre Trainerin, die neben ihr auf der gemütlichen Friesencouch saß, nahm sie tröstend in den Arm. „Das Mitgefühl für die Wibke hat sie voll mitgenommen, Hilda. Ich kann das gut verstehen."

Keine der beiden älteren Frauen wusste, dass Anne selbst einst und eigentlich sogar bis heute in den gut aussehenden Torsten verliebt gewesen war. Sie war aber zu schüchtern gewesen, es ihm zu zeigen, und so hatte ihre Freundin Wibke ihn für sich gewinnen können. Wobei auch Wibke bis heute keine Ahnung von dieser heimlichen Liebe ihrer besten Freundin hatte. Der Freundschaft zwischen Anne und Wibke hatte das jedenfalls keinen Abbruch getan. Konnte doch Anne dadurch immer wieder mal in Torstens Nähe sein. Das genügte ihr. Es hatte sie aber auch daran gehindert, dem Werben anderer Jungen nachzugeben. Und so war Anne, obwohl sie eigentlich eine ganz hübsch aussehende junge Frau von Mitte dreißig war, bis heute immer noch ledig geblieben. Und kein Mensch hatte eine Ahnung von den wahren Gründen dafür und eben jetzt für ihre Tränen.

„Enna! Anne!" In der Küchentür stand auf einmal Wibke. Die drei Frauen fielen sich in die Arme und ließen erst einmal stumm ihren Tränen freien Lauf. Auch nachdem Hilda ihrer Tochter einen Tee eingegossen und den beiden anderen nachgeschenkt hatte, saßen alle stumm und mit Tränen in den Augen vor ihrem Tee.

Kapitel 22

Es war kurz vor neun Uhr. Gerd Schmitz betrat das Gebäude der Kripo in Wittmund mit gemischten Gefühlen. Der Bierkonsum von gestern und eine anstrengende Nacht mit seiner Frau hatten ihre Spuren hinterlassen. Und dann hatte ihm seine Frau heute Morgen beim Frühstück einen Vorschlag unterbreitet, der sein ganzes Leben auf den Kopf stellen würde. Den er aber in seiner Tragweite auch noch gar nicht richtig verarbeitet hatte. Jedenfalls würde nichts mehr so sein, wie es mal gewesen war. Sein Gehirn schien wie in einer Schockstarre blockiert zu sein. Und dann jetzt noch das Gespräch mit dem Kommissar, zu dem er gestern noch telefonisch bestellt worden war. Wieso musste er dafür extra nach Wittmund in das Kommissariat kommen? Das bereitete ihm alles erhebliches Unbehagen und Kopfschmerzen. Schließlich hatte er das Zimmer des Kommissars gefunden.

„Hallo, Herr Kommissar, Sie wollten mich heute noch mal sprechen?"

„Ja, guten Morgen, Herr Schmitz, kommen Sie rein und nehmen Sie Platz." Bert Linnig wies auf den Stuhl vor seinem Schreibtisch.

„Bin ein bisschen kaputt heute Morgen", sagte Gerd, als er sich setzte.

„Ich möchte unser Gespräch aufzeichnen, Herr Schmitz", eröffnete Bert die Vernehmung.

Gerd nickte stumm. Und nachdem der Kommissar das Bandgerät eingeschaltet hatte, sagte er: „Herr Schmitz, ich möchte Sie darauf hinweisen, dass, wenn Sie im Verlauf unseres Gespräches das Gefühl haben, sich mit irgendeiner Aussage selbst zu belasten, dass Sie dann die Aussage auch verweigern können. Ferner ist es Ihnen freigestellt, einen Anwalt Ihres Vertrauens zu diesem Gespräch hinzuzuziehen. Auf Wunsch wird Ihnen auch durch uns einer gestellt. Haben Sie das verstanden?"

„Glaub schon. Heißt das jetzt, ich bin tatverdächtig?"

„Nein, bis jetzt noch nicht. Aber Sie waren zum Tatzeitpunkt nach unseren bisherigen Erkenntnissen in unmittelbarer Nähe vom Tatort. Und es gibt noch einige Ungereimtheiten in dem von Ihnen geschilderten zeitlichen Ablauf seit Ihrer Abfahrt aus Wilhelmshaven. Die möchte ich jetzt mit Ihnen klären. Übrigens: Nach nochmaliger Rücksprache mit Ihrem Disponenten hat der wohl doch mehr mitbekommen, als Sie und wir zunächst dachten. Jedenfalls war der sich auf einmal sogar ziemlich sicher, dass es wohl kurz vor dreiundzwanzig Uhr gewesen sein muss, als Sie das Gebäude der Spedition verlassen haben."

„Dann ham wir das doch jetzt geklärt. Kann ich dann wieder gehen?"

„Nein. Damit bleibt uns immer noch eine offene Zeit. Gestern haben Sie dazu gesagt, Sie hätten noch mal wegen Müdigkeit unterwegs eine Pause gemacht. Ich will ganz offen zu Ihnen sein. Das erscheint mir angesichts Ihres Berufes nicht sehr plausibel. Als Berufskraftfahrer sind Sie es gewohnt, die gesetzlich vorgeschriebenen Lenkzeiten und Pausen einzuhalten. Das heißt, Sie sind es gewohnt, auch nach einer entsprechenden kürzeren Ruhezeit von zum Beispiel einer Dreiviertelstunde anschließend mindestens wieder viereinhalb Stunden am Stück hinter dem Lenkrad zu sitzen. Also was ist mit der fehlenden Zeit?"

„Sie kennen sich aber verdammt gut aus, das muss man Ihnen lassen. Ich gehe mal davon aus, dass Sie schweigen können. Auch meiner Frau gegenüber. Obwohl das eigentlich auch inzwischen schon fast egal ist."

„Unser Gespräch ist grundsätzlich vertraulich."

„Also, Herr Kommissar, seit einiger Zeit weiß ich nämlich gar nicht mehr so richtig, was ich noch glauben soll. Schon in Kerpen ham Leute aus dem Karnevalsverein behauptet, dass meine Frau anderen Frauen aus dem Verein die Ehemänner ausspannt. Beweisen konnte mir das aber bisher keiner und meine Frau bestreitet alles. Im Gegenteil, sie sagt, dass zum

Beispiel einer aus dem Vorstand sie sogar schon begrapscht hätte, und der wäre sauer geworden, weil sie ihn zurückgewiesen hätte. Deswegen sind wir auch von da weggezogen."

„Herr Schmitz, ich hatte Sie danach gefragt, was Sie Samstagnacht vor ein Uhr nachts gemacht haben. Was haben jetzt die Geschichten Ihrer Frau damit zu tun?"

„'Ne ganze Menge, Herr Kommissar. Ich bin als Fernfahrer manchmal bis zu drei Wochen, zum Teil sogar im Ausland, unterwegs. Da könnte meine Frau in aller Seelenruhe sonst was treiben. Und am letzten Freitag hatte ich sie angerufen und ihr gesagt, dass ich in Italien unterwegs wäre. Tatsächlich war ich da aber schon wieder in Deutschland auf dem Rückweg und dann am Samstagabend auch schon wieder in Wilhelmshaven zurück, wie Sie ja jetzt schon wissen."

„Okay, bis dahin ist das alles unstrittig. Es erklärt uns aber die fehlende Zeit immer noch nicht."

„Na, ganz einfach. Eigentlich hatte ich mir gedacht, ich bin bis spätestens dreiundzwanzig Uhr in Carolinensiel, und dann wollte ich unser Haus heimlich beobachten. Leider musste ich mich dann aber doch in Wilhelmshaven erst mal 'ne Stunde aufs Ohr legen und war erst so gegen vierundzwanzig Uhr bei der Stechuhr, wie ich Ihnen schon gesagt hatte. Das mit der Zigarettenautomatensuche stimmt auch alles. Was ich allerdings nicht hatte sagen wollen, das war, dass ich ab etwa null Uhr dreißig bis etwa ein Uhr dann doch heimlich meine Wohnung überwacht hab. Da sich aber nichts tat, wurde mir das dann zu blöd und ich bin dann doch so gegen ein Uhr zu meiner Frau rein. So, jetzt ist alles raus. Es ist aber inzwischen wahrscheinlich sowieso schon alles scheißegal."

„Das wäre zumindest eine Erklärung für die fragliche Zeit. Haben Sie dafür denn irgendeinen Nachweis oder Zeugen?"

„Nee. Natürlich nicht. Sie sind jetzt auch der Erste, mit dem ich darüber spreche."

„Wieso ist denn aber jetzt sowieso schon alles egal für Sie? Was meinen Sie damit?"

„Meine Frau will sich von mir trennen, wie sie mir heute Morgen gesagt hat. Und Karsten soll in irgendein Internat mit 'ner speziellen Sportförderung. Dafür würde gesorgt, hat sie gesagt. Was sie dann treiben will, weiß ich nicht. Für mich steht jedenfalls die Welt Kopf, wenn Se verstehen, was ich meine."

„Gut, zumindest klingt das für mich schon etwas plausibler. Auch, wenn das alles noch nicht belegt ist. Sie halten sich aber bitte noch diese Woche für uns zur Verfügung, falls sich noch weitere Fragen ergeben. Mit Ihrem Disponenten haben wir inzwischen gesprochen und ihn gebeten, sicherzustellen, dass Sie in dieser Woche hier noch verfügbar sind. Vielleicht nehmen Sie nachher mal zu ihm Kontakt auf. So, damit beende ich die Anhörung im Zusammenhang mit dem Todesfall von Torsten Oltmann. Vielen Dank, Herr Schmitz."

Bert Linnig beendete die Aufnahme und begleitete seinen Besucher bis zur Tür. Dann ging er zu Nina Jürgens, deren Dienstzimmer schräg gegenüber von seinem lag. Benno Rutkowski hatte sich weisungsgemäß bereits superpünktlich eingefunden und rührte gerade seinen Kaffeebecher um.

„Ah, Bert, ich wollte dir gerade Bescheid sagen. Das ist Herr Benno Rutkowski. Und das ist der verantwortliche Kommissar, Bert Linnig", sagte Nina dann zu ihrem Besucher gewandt.

Dieser stand auf und reichte dem Kommissar die Hand. Er war fast einen Kopf größer als Bert und unter seiner schwarzen Lederjacke war der blau-weiße Schalke-Fanschal nicht zu übersehen.

„Guten Morgen, Herr Rutkowski", begrüßte Bert Linnig ihn. „Schalke-Fan, wie ich sehe."

„Mensch, Herr Kommissar! Ein Mann, ein Blick, ein Wort: Schalke! Auch Fan? Oder doch BVB?"

„Weder noch. Aber meine Kollegin hat Ihnen sicher schon gesagt, dass wir noch ein paar Fragen haben?"

„Hat sie. Und sie hat mich auch schon aufgeklärt über einen Anwalt und so. Und das mit der Aufnahme."

„So, wie Sie sich gestern meiner Kollegin gegenüber geäußert haben, sind Sie stinksauer auf den Trainer Ihres Sohnes Kevin gewesen, weil der ihn aus der Fußballförderung herausgenommen hat."

„Die Arschlöcher von diesem Provinzfußballverein hier haben doch alle keine Ahnung von Fußball", polterte Benno Rutkowski auch gleich los.

„Herr Rutkowski, mäßigen Sie bitte Ihren Ton und Ihre Ausdrucksweise", unterbrach ihn Bert. „Ob Ihr Ärger berechtigt oder unberechtigt ist, können wir hier für Sie nicht klären. Uns interessiert vielmehr, warum Sie meiner Kollegin erzählen, dass Sie von Samstag auf Sonntag in Gelsenkirchen zu einem Schalke-Spiel gewesen sind, wenn dort überhaupt keins stattgefunden hat. Wo waren Sie wirklich zu der fraglichen Zeit?"

Man sah Benno Rutkowski an, dass er sich ertappt fühlte. Er hatte plötzlich einen hochroten Kopf. „Herr Kommissar, kann ich Sie mal unter vier Augen sprechen? So quasi von Mann zu Mann."

Bert Linnig hatte aufgrund seiner langjährigen Erfahrung schon plötzlich so eine Ahnung, wo das Gespräch hinführen würde. Und ein Blick zu seiner Partnerin zeigte ihm, dass auch sie wohl den gleichen Gedanken hatte.

„Herr Rutkowski, wir befinden uns hier in einer offiziellen Anhörung im Zusammenhang mit einem gewaltsamen Tötungsereignis und meine Kollegin unterliegt dem Dienstgeheimnis, genauso wie ich. Also bitte, wenn Sie was zu sagen haben, dann sagen Sie es jetzt."

Benno Rutkowski druckste immer noch rum. „Also gut. Es nützt ja wohl nichts. Ich war von Samstag auf Sonntag in Leer. Bei einer anderen Frau. Wir haben uns mal auf Schalke in der Fankurve kennengelernt. Die kann Ihnen das bestätigen. Aber lassen Sie dat bitte nich' meine Frau wissen", wurde er fast weinerlich und verfiel wieder in seinen alten Slang.

„Ihre familiären Angelegenheiten interessieren uns hier weniger. Für uns ist im Moment nur entscheidend, ob wir Sie als Täter mit Sicherheit ausschließen können oder nicht. Dazu brauchen wir dann noch die Adresse und Telefonnummer der Frau."

Nachdem die Daten notiert waren, wurde die Vernehmung offiziell beendet und Benno Rutkowski mit Auflagen, sich bis auf Weiteres zur Verfügung zu halten, nach Hause geschickt.

Aufgrund ihrer bisherigen Erfahrungen und Menschenkenntnis gingen sowohl Bert als auch Nina davon aus, dass die Angaben von Benno Rutkowski bestätigt werden würden und sie ihn somit als Täter wohl ebenfalls würden ausschließen können.

„Also mir wäre jetzt nach einem kleinen Snack in der Dönerbude und wie sieht das bei dir aus?", fragte Bert Nina.

„Bin ich eingeladen?"

„Na klar."

„Nehme ich natürlich gerne an. Wäre aber auch so mitgekommen und hätte auch mal übernehmen können. Aber ihr Männer müsst euch ja immer vordrängen", erwiderte Nina feixend mit einem Augenzwinkern. „Wir haben doch heute Nachmittag noch die beiden Saufkumpane. Da bin ich mal gespannt, was bei denen rauskommt."

„Wir werden sehen. Jetzt lass uns aber mal zur Tat schreiten", drängelte Bert und informierte Silke über das Telefon, dass sie zur Vernehmung der Herren Henke und Bergedorf wieder da seien. Die beiden sollten nach ihrem Eintreffen in getrennten Verhörräumen untergebracht werden, auch für den Fall, dass sie zusammen kämen.

Kapitel 23

„Die beiden sind tatsächlich zusammen erschienen. Habe sie entsprechend versorgt", wurden Nina und Bert bereits auf der Treppe von Silke in Empfang genommen, als sie dönergestärkt zurückkehrten.

Die beiden Kommissare machten sich auf den Weg zum Verhörraum.

„Moin, Herr Bergedorf", begrüßte Bert ihn dort und stellte Nina vor. Nachdem sie sich alle gesetzt hatten, startete Bert die Aufzeichnung und machte die übliche Einleitung. Dann eröffnete er die Anhörung: „Herr Bergedorf, eigentlich hätte ich nicht gedacht, dass wir uns schon so schnell hier bei uns wiedersehen."

„Stehe ich jetzt etwa unter Verdacht, Torsten Oltmann umgebracht zu haben?"

„Sie werden hier als Zeuge gehört, wie mein Kollege schon in der Einführung sagte", antwortete Nina.

„Aber ich habe doch am Sonntagmorgen schon alles gesagt, was ich weiß", versuchte Kurt Bergedorf sich herauszuwinden. Offensichtlich hatte ihn sein Kumpel bereits vorgewarnt.

„Wir haben inzwischen Informationen erhalten, die uns zu einigen weiteren Fragen führen, die wir heute mit Ihnen klären wollen", sagte Bert. „Wie lange und wie gut kannten Sie und der Tote sich?"

„Wieso ist das denn so wichtig? Ich hab ihn doch nicht umgebracht. Ich habe doch nur die Leiche entdeckt. Daher verstehe ich die Frage nicht."

„Beantworten Sie einfach meine Frage", blieb Bert hartnäckig.

„Na gut. Ich war mal der E-Jugend-Trainer von Torsten, als er als Jungkicker bei uns in den Verein kam. Später haben wir uns bei Veranstaltungen im Verein regelmäßig gesehen, wobei ich eben bereits eine Generation vor ihm war. Dicke Freunde sind wir nie geworden."

„Gab es dafür einen Grund?", hakte Nina ein.

„Keine Ahnung, vielleicht die Chemie. Hat sich eben nicht ergeben."

„Als Sie Torsten in der E-Jugend trainiert haben, hatten Sie da schon keinen Draht zu ihm oder hat sich das später auseinanderentwickelt? Normalerweise ist das doch im Sport so, dass der Trainer aus einer so wichtigen Prägephase für einen solchen Jungen immer eine gewisse Vorbildfunktion behält. So etwas bindet doch auch", ließ Nina nicht locker.

„Da hab ich mir noch keine Gedanken drüber gemacht. Torsten war jedenfalls schon als Kind ein guter Kicker und hat gut mitgemacht. Inwieweit ich für ihn ein Vorbild war, weiß ich nicht. Da müssten Sie ihn selber fragen."

„Das würden wir ja gerne tun. Leider weilt er nicht mehr unter den Lebenden, wie Sie genau wissen. Jedenfalls klingt mir das alles, was Sie da aussagen, sehr ausweichend und nichtssagend", mischte sich Bert ein. „Wir können auch gerne mal den Vereinsvorstand zu diesem Thema befragen. Vielleicht hilft uns das ja weiter. Denn irgendwie kann ich das Gefühl nicht loswerden, dass Sie etwas vor uns versuchen zu verbergen."

„Warum sollte ich das tun?"

„Das genau versuchen wir ja herauszufinden. Und wenn Sie nichts mit dem Tod von Torsten Oltmann zu tun haben, wie Sie sagen, dann sollten Sie mit uns kooperieren. Alles andere macht Sie nämlich nur verdächtig, Herr Bergedorf, um mal Klartext zu sprechen", wurde Nina energisch. „Schließlich geht es hier um die Beantwortung ganz einfacher Fragen und ich darf Sie daran erinnern, dass Sie als Zeuge zur Aussage und zur Wahrheit verpflichtet sind. Also noch mal, wie war das Verhältnis zwischen Ihnen und Torsten Oltmann?"

„Na ja, wir spielen nun mal nicht in der gleichen Liga."

„Beim Fußball? Oder wie meinen Sie das?", wollte Bert wissen.

„Allgemein. Die Oltmanns sind gut situierte Handwerksmeister und vermögende Geschäftsleute. Die haben mehrere

Häuser, Autos und müssen sich um Geld keine Sorgen machen."

„Und Sie?", fragte Nina.

„Ich bin nur Heizungsmonteur und war viele Jahre dort, schon bei dem alten Oltmann, Geselle. Jetzt bin ich immer noch Geselle bei einer anderen Firma und wohne bis heute zur Miete. Da kann ich mit den Oltmanns nicht mithalten."

„Das ist doch nicht ehrenrührig, im Gegenteil. Frau Jürgens und ich wohnen übrigens auch zur Miete. Sie gehen einem ehrenwerten Handwerk nach, sind in Ihrem Verein anerkannt und geachtet. Immer noch für Ihr Alter ein sehr guter Sportler, wie unschwer am Sonntag zu erkennen war. Da müssen Sie sich doch nicht minderwertig fühlen", versuchte Bert, das Selbstwertgefühl seines Gesprächspartners zu heben, um dann aber gleich nachzuhaken: „Gibt es einen bestimmten Grund, dass Sie Ihre Vergangenheit bei der Firma Oltmann vorhin nicht gleich erwähnt haben und dass Sie heute nicht mehr als Geselle dort sind?"

„Es gab da Unstimmigkeiten zwischen den Oltmanns und mir."

„Das passiert doch überall mal", sagte Bert, „das ist dann doch bestimmt kein Geheimnis. Um was ging es denn da?"

„Ach, das ist eine lange Geschichte und die hatte eigentlich mit der Arbeit gar nichts zu tun. Aber mit dem Tod von Torsten auch nicht."

„Geht es da um eine Grundstücksgeschichte?", wollte Nina wissen.

„Woher wissen Sie davon?"

„Herr Bergedorf, wir ermitteln in einem Todesfall mit ungeklärten Umständen. Dafür werden wir vom Staat bezahlt. Also beantworten Sie bitte die Frage meiner Kollegin."

„Ja, es geht um eine Grundstücksgeschichte, und zwar um eine etwas komplizierte. Jedenfalls ging es da um einen alten Resthof mit etwas Weideland, welches eigentlich meinem Onkel Jan Grube testamentarisch fest zugesprochen worden war. Inzwischen ist der Resthof abgerissen und aus dem Weideland ist Bauland für Ferienhäuser geworden."

„Das heißt, da geht es um sehr viel Geld", stellte Bert fest.

„Kann man wohl sagen. Deswegen sind mein Onkel und ich ja auch so sauer."

„Das verstehe ich nicht so ganz", wunderte sich Nina. „Wenn Ihr Onkel das geerbt hätte, was hätten Sie denn damit zu tun gehabt?"

„Da mein Onkel und meine verstorbene Tante keine Kinder haben und ich das Patenkind meiner Tante bin, hätte mein Onkel dieses Grundstück mir als Schenkung übertragen wollen."

„Moment", hakte Bert hier ein. „Von Ihrem Onkel haben wir doch jetzt schon von verschiedenen Seiten gehört, dass sein Geiz geradezu schon legendär ist. Wie geht das denn zusammen? Das wird ja immer verworrener."

„Herr Kommissar, ich sagte Ihnen ja schon, dass das etwas kompliziert ist."

„Macht nichts. Klären Sie uns auf. Wir haben Zeit", sagte Bert und lehnte sich genüsslich zurück. Das versprach eine amüsante Geschichte zu werden. „Wir können auch gerne noch ein Wasser und einen Kaffee ordern. Nina, vielleicht veranlasst du das gerade mal."

„Ja, dann hätte ich auch noch gerne ein Wasser und einen Kaffee, wenn das möglich ist."

Nina gab die Bestellungen an Silke weiter, die vor der Tür Position bezogen hatte. „Na, jetzt bin ich aber wirklich mal auf Ihre Geschichte gespannt", sagte Nina, nachdem sie sich wieder hingesetzt hatte. „Normalerweise gibt es dafür Grundbücher und Notare. Solche Dinge sind doch juristisch sehr eindeutig geregelt. Wie kann es denn dabei zu solchen Streitigkeiten kommen?"

„Ich bin ja kein Jurist, aber ich bin mit meinem Onkel zu allen Verhandlungen gewesen. Schon als sein Fahrer, weil er kein Auto hat, und schließlich ging es dabei ja auch für mich um viel Geld. Ja, Herr Kommissar, der Geiz meines Onkels ist in der Tat schon fast legendär. Aber es geht um ein Grundstück von den Eltern seiner verstorbenen Frau. Und wenn ich vorhin davon sprach, dass er mir das als Schenkung übertragen wollte, dann müsste ich wohl eher sagen: sollte! Denn das war testamentarisch zwischen ihm und meiner verstorbenen Patentante so festgelegt worden."

In diesem Moment brachte Silke die Getränke. Nachdem diese verteilt worden waren und alle die ersten Schlucke genommen hatten, bohrte Nina weiter nach: „Na gut, das erklärt aber immer noch nicht die Streitigkeit mit Torsten Oltmann."

„Dazu muss ich etwas ausholen. Der Vater meiner Patentante lebte nur noch alleine auf dem Hof. Er hatte sich aber immer noch selbst versorgen können. Die Mutter war schon früh an Krebs gestorben. Meine Tante war das einzige Kind und hätte den Hof als Alleinerbin geerbt. Trotzdem hatten ihre Eltern ein sogenanntes Berliner Testament gemacht, welches dem zuletzt Versterbenden auferlegt, dass er testamentarisch keine andere Verfügung mehr treffen kann. Die Mutter meiner Patentante wusste, dass sie an dem Krebs – unter Umständen sogar schon lange – vor ihrem Mann sterben würde. Sie hatte Angst, dass er sich noch mal eine andere Frau nehmen und dann das Erbe nicht mehr an ihre Tochter, sondern vielleicht an die Kinder dieser Frau gehen würde."

„Solche Geschichten hört man ja in der Tat öfter", kommentierte Bert. „Aber dann war doch alles bestens geregelt."

„Das dachten wir auch alle. Aber dann erlitt der Vater meiner Tante einen leichten Schlaganfall. Immerhin war der ja auch schon über neunzig Jahre alt. Es wurde ein mobiler Pflegedienst organisiert, weil er sich strikt weigerte, in ein Pflegeheim zu gehen. Er bekam Essen auf Rädern und eine Nachbarin schaute gelegentlich nach ihm. Diese Nachbarin war auch schon Witwe und ihr gesamtes Erbe sollte an ihr Patenkind, den Torsten Oltmann, gehen, denn sie selbst hatte keine Kinder."

„Ah, hier kommt jetzt Torsten Oltmann ins Spiel", bemerkte Nina. „Aber was hatte der dann mit dem Grundstück vom Vater Ihrer Tante zu tun?"

„Das ist ja gerade der Punkt. Mein Onkel Jan ist fest davon überzeugt, dass sein Schwiegervater nach dem Schlaganfall schon leichte Demenzerscheinungen hatte und eigentlich in ein Pflegeheim gehört hätte. Aber dem mobilen Pflegedienst wäre dann ein guter Kunde verloren gegangen und die haben das mit der Demenz in Abrede gestellt. Da konnte mein Onkel nichts machen, zumal der alte Mann selbst ja auch unbedingt im Haus bleiben wollte. Und dann hat wohl irgendjemand die Nachbarin darauf gebracht, wie sie an das Grundstück von dem alten Mann kommen könnte, denn die Gemeinde hatte das Weideland zum Bauerwartungsland deklariert."

„Wie sollte das denn gehen?", wollte Bert wissen. „Da war doch testamentarisch alles eindeutig geregelt, wie Sie sagten. Da hätte es ihr doch auch nichts genützt, wenn sie den alten Mann, quasi noch auf seine letzten Tage, vor das Standesamt geschleppt hätte."

„Wohl wahr, Herr Kommissar. Dafür braucht man schon ein paar clevere Anwälte, und die hatten die Oltmanns wohl. Über Erbschaft war da auch nichts zu machen, das Vermögen durfte weder anderweitig erbschaftsrechtlich verfügt noch verschenkt oder verschleudert, zum Beispiel auch nicht billig verkauft werden. Aber eine Übertragung auf sogenannter Rentenbasis war möglich. Dafür hätte die Begünstigte sich verpflichten müssen, für eine angemessene Pflege des alten Mannes zu sorgen. Die Pflege, das Essen und auch die Bezahlung dafür, das war ja alles bereits geregelt. Die Begünstigte hätte nur gelegentlich mal nach dem Rechten schauen müssen, und das hat sie wohl auch getan."

„Wenn man das so hört, dann hätte sie ja eigentlich nur jeden Morgen schauen müssen, ob sie schon reich geworden ist. Eigentlich ein Hammer", konnte sich Nina den Kommentar nicht verkneifen.

„Um der Wahrheit die Ehre zu geben, mein Onkel hatte nicht das beste Verhältnis zu seinem Schwiegervater gehabt und hat sich auch wirklich nur um das Allernötigste gekümmert, wenn überhaupt. Die meisten Gespräche mit dem Pflegedienst hat auch wirklich die Nachbarin geführt. Und die hat dem alten Mann wohl auch zwischendurch mal einen Tee gemacht und sich auch menschlich ein wenig um ihn gekümmert."

„Spricht für die Nachbarin, macht sie aber noch nicht zur Eigentümerin. Wie ist das dann weitergelaufen?", wollte Bert wissen.

„Na, eines Tages hat sie den alten Mann in ihr Auto verfrachtet und ist mit ihm zu einem Notar gefahren. Da wurde dann die Übertragung auf Rentenbasis beurkundet. Einige Wochen später ist sie dann noch mal mit dem Vater meiner Tante in dieser Angelegenheit bei dem Notar gewesen. Ich glaube, weil Onkel Jan irgendwie davon Wind bekommen hatte. Auf dem Rückweg vom Notar hat sie dann mit ihrem Auto einen Traktor überholen wollen und dabei einen einbiegenden Lkw übersehen. Weder sie noch der alte Mann haben das überlebt. Und jetzt ging es darum, die Rechtmäßigkeit zu klären. War diese Übertragung auf Rentenbasis überhaupt rechtskräftig geworden?"

„Also das wüsste ich jetzt auch nicht", sagte Nina, „oder du, Bert?"

„Dazu muss man wohl Notar oder Jurist sein."

„Genau. Und die Oltmanns haben sich dazu eine der teuersten Anwaltskanzleien aus Bremen genommen. Und in zweiter Instanz wurde Torsten dann als Alleinerben seiner Patentante alles zugesprochen. Dass mein Onkel und ich da nicht gut auf die Oltmanns zu sprechen sind, können Sie sicher verstehen. So, jetzt werden Sie darin wahrscheinlich ein handfestes Mordmotiv sehen und mich verhaften. Aber das ist mir mittlerweile auch egal. Ich habe jedenfalls nichts verbrochen, ob Sie mir das jetzt glauben oder nicht."

„Das klang ja jetzt fast schon wie ein Schlussplädoyer", sagte Nina und konnte sich ein Schmunzeln nicht verkneifen. „Das hätten Sie uns doch auch gleich so sagen können. Dadurch, dass Sie versucht haben, das vor uns zu verbergen, haben Sie sich ja erst verdächtig gemacht. Zumal immer noch die Frage im Raum steht: Was haben Sie am Samstag in der Zeit von dreiundzwanzig Uhr bis ein Uhr nachts gemacht? Sie und Herr Henke können sich beide an nichts erinnern, weil Sie zu viel Alkohol getrunken hatten. Und es steht auch immer noch die Frage im Raum: Wann und wie sind Sie nach Hause gekommen?"

„Was soll ich da sagen? Ich kann mir das Hirn zermartern, wie ich will. Da ist nichts. Absolut nichts."

„Tatsache ist aber, dass Sie irgendwann in der Nacht nach Hause gekommen sind", bohrte Bert weiter. „Wenn ich mir vorstelle, ich bin so betrunken, dass ich mich am nächsten Tag an gar nichts mehr erinnern kann, dann ist es für mich schwer vorstellbar, dass ich in dem Zustand noch einige Kilometer zu Fuß nach Hause laufen kann. Sie werden also verstehen, dass das Fragen aufwirft, um es mal vorsichtig auszudrücken. Wenn Sie bei Herrn Henke auf der Couch die Nacht verbracht hätten und dann morgens irgendwann nach Hause geschwankt wären, alles logisch und nachvollziehbar, aber so?!"

„Es ist mir ja selbst ein Rätsel, Herr Kommissar. Also, was soll ich sagen?"

„Gut, wir unterbrechen hier an dieser Stelle. Möchten Sie noch ein Wasser? Wir haben noch eine Anhörung durchzuführen, die mit Ihrer im Zusammenhang steht. Wir kommen danach wieder zu Ihnen."

„Ja, ich hätte gerne noch ein Wasser. Und dann befragen Sie mal den Enno, der wird Ihnen auch nicht mehr sagen können."

Silke erwartete die beiden Kommissare bereits vor der Tür. „Herr Henke sitzt im Verhörraum zwei", sagte sie. Das mit dem Wasser für Herrn Bergedorf habe ich schon mitbekommen und Herr Henke ist auch schon versorgt. Ihr braucht sicher auch gleich noch euren Kaffee. Kommt alles."

„Danke, Silke, du bist die Beste", sagte Nina. „Wir werden dich ins Nachtgebet einschließen."

„Quatsch", sagte Bert, „nix Nachtgebet. Silke, bestell mal für heute Abend achtzehn Uhr einen Tisch für unser Team beim Italiener, wie gehabt."

„Danke, Chef, immer wieder gern", erwiderte die Angesprochene und machte sich flugs daran, ihre Aufträge abzuarbeiten.

„So richtig weitergekommen sind wir mit Kurt Bergedorf aber nicht", resümierte Nina leise, bevor sie den zweiten Verhörraum betraten.

„Richtig. Für die These von Bernd haben wir weder einen konkreten Hinweis erhalten noch können wir ausschließen, dass er nicht doch recht hat", stimmte Bert ihr zu.

„Wir hätten Herrn Bergedorf mal mit der These von Bernd konfrontieren und seine Reaktion testen können."

„Werden wir noch. Das habe ich mir für den dritten Akt aufgehoben. Jetzt lass uns mal sehen, was uns Enno Henke an Ausflüchten im zweiten Akt auftischen wird."

Die beiden betraten den Verhörraum und begrüßten den Anwesenden. Bert nahm in gewohnter Weise die Eröffnung und Belehrung vor.

„Ich weiß gar nicht, was ich eigentlich hier soll. Ich hab doch Ihren uniformierten Kollegen schon alles gesagt."

„Wir versuchen gerade noch einige Lücken zu schließen", sagte Bert, „und würden uns freuen, wenn Sie uns dabei helfen."

„Wenn ich kann, gerne. Ich wüsste aber nicht, wie ich Ihnen helfen kann."

„Sie hatten mit dem Vater des Toten so einige persönliche Probleme?", versuchte Nina ihm auf die Sprünge zu helfen.

„Probleme ist gut. Der hat mich gefeuert, weil ich während der Arbeit mal meinen Frust über den Verlust meiner Frau mit ein paar Schluck Cognac runterspülen musste. Da hätte ich eigentlich mehr menschliches Verständnis von ihm erwartet. Außerdem spricht sich so was ganz schnell rum und dann versuchen Sie hier bei einem anderen Handwerksmeister mal wieder einen Job zu bekommen. Da nimmt Sie doch keiner mehr, zumindest, wenn Sie über fünfzig sind. Nun bin ich Gott sei Dank nicht auf das Einkommen als Heizungsmonteur angewiesen. Aber das habe ich gelernt und das habe ich auch gern gemacht. Und der Mensch braucht eine sinnvolle Beschäftigung. Ich jedenfalls. Ich habe schon Ihren Kollegen gesagt, ich war mir für nichts zu schade, auch wenn mal eine Heizung an Sonn- und Feiertagen ausfiel. Und ich gebe zu, wenn mir der alte Oltmann mal zum falschen Zeitpunkt in einer Kneipe begegnet wäre, dann wäre es ihm wie einigen Kohlenpotttypen ergangen. Der hat bei mir verschissen bis zur Steinzeit."

„Schön, dass Sie so ehrlich sind", griff Nina den Ball auf. „Hätte das auch für den Sohn gegolten?"

Enno lachte. „Wenn Sie mich so fragen, ja, ohne jede Einschränkung. Wie der Alte, so der Sohn. Aber da hätte ich wahrscheinlich schlechte Karten gehabt und eher selbst den Kürzeren gezogen. Der war nämlich ein ganz schön durchtrainierter Athlet, da hätte ich wohl noch einige Jahre jünger sein müssen."

„Ja, aber vielleicht zu zweit? Da hätten Sie doch sicher gute Chancen gehabt, oder etwa nicht?", ließ Bert die Bombe platzen.

„He? Verstehe nicht. Wie meinen Sie das denn?"

„Na, nehmen wir mal an, Sie kommen mit Kurt Bergedorf von seinem Onkel, sind schon gefrustet, weil der sie so geizig bewirtet hatte. Unterhalten sich auf dem Weg zu Ihrem Haus über die Ungerechtigkeiten dieser Welt im Allgemeinen und die Oltmanns im Speziellen. Als Sie das Hafengebiet betreten, sehen Sie, dass in der Stechuhr noch Licht brennt. Sie gehen hin und sehen durch das Fenster den jungen Oltmann an der Theke sitzen, oder schon beim Aufbruch. Da kann doch – insbesondere nach ein paar Bier und Korn – der Gedanke reifen, dem könnten wir zu zweit doch mal eine ordentliche

Abreibung verpassen. Schließlich wussten Sie ja, welchen Weg er nach Hause nehmen würde."

„Ach du Scheiße!" Enno bog sich vor Lachen und haute sich mehrmals auf die Schenkel. „Auf die Idee wäre ich jetzt gar nicht gekommen. Wenn ich das geahnt hätte, das hätte gepasst! Entschuldigung, Herr Kommissar. Ja, da wären der Kurt und ich gerade in der richtigen Stimmung gewesen. Scheiße, da hätten wir dem Oltmann mal richtig eine Abreibung verpassen können. Die wäre schon lange überfällig gewesen. Und dafür hätte ich dann auch gerne wieder eine Strafe bezahlt und die Krankenhauskosten übernommen. Das wäre es mir wert gewesen. Und wenn ich dafür ein paar Monate in den Knast hätte gehen müssen. Wäre mir auch egal gewesen ... Aber wissen Sie was, Herr Kommissar? Wenn ich da so drüber nachdenke, dann wäre der Torsten wohl sogar noch am Leben. Ich lach mich kaputt ... Da hätten wir dem damit am Ende sogar noch das Leben gerettet. Sein Pech, dass wir nicht auf die Idee gekommen sind. Aber so hat wahrscheinlich ein anderer sein Mütchen gekühlt."

„Von Mitgefühl für die Angehörigen und Hinterbliebenen wie Frau und Kind halten Sie wohl nicht viel?", konnte sich Nina die kritische Bemerkung nicht verkneifen.

„Bei den Oltmanns wurde Mitgefühl auch nicht gerade großgeschrieben. Oder glauben Sie, dass der alte Oltmann oder sein Sohn sich darum gekümmert haben, wie es mir ging, als meine Olle mit dem Typen aus dem Kohlenpott über alle Berge ist? Ja, um die Wibke und den Ole tut es mir leid. Ehrlich. Die haben das nicht verdient. So gesehen wäre eine Abreibung von mir und Kurt doch die bessere Wahl gewesen. Aber hätte, wäre, wenn. Hat nicht sollen sein und nu is er dod, und dafür habe ich tatsächlich kein Mitgefühl, im Gegenteil."

„Wir unterbrechen an dieser Stelle die Anhörung. Bitte bleiben Sie noch hier." Bert schaltete die Aufzeichnung aus und verließ mit Nina den Raum.

„Also, ich bin ja bestimmt nicht zart besaitet, aber jetzt brauche ich erst einmal etwas frische Luft." Die beiden

Beamten gingen vor die Tür in den Hof. Die frische Luft blies ihnen ein kräftiger Wind auch gleich ins Gesicht.

„Puh", machte auch Nina sich Luft. „Das war starker Tobak. Entweder ein Superschauspieler oder so brutal ehrlich, dass es schon fast wehtut."

„An Schauspielerei glaube ich bei dem eher nicht. Seine Akte bei uns bestätigt eigentlich seine Aussagen. So ist der. Wenn er einiges intus hat, dann wird er ungemütlich. Aber deswegen ist er noch kein Mörder. Andererseits: Körperverletzung mit Todesfolge wäre ja auch hier nicht auszuschließen. Dann käme doch wieder die Variante Schauspieler in Betracht. Aber für nichts haben wir griffige Beweise. Die zweieinhalb leeren Cognacflaschen, die Silke und Bernd bei ihm gesehen haben, sind ja auch kein Beweis für das Komasaufen der beiden."

„Wir hätten am Sonntagmorgen von beiden eine Blutprobe gebraucht", dachte Nina laut nach. „Dann wüssten wir zumindest, ob die wirklich zu besoffen waren, um einen halbwegs nüchternen Athleten totzuschlagen."

„Also wenn du den Bergedorf am Sonntagmorgen gesehen und vor allem gerochen hättest, dann hättest du keine Blutprobe gebraucht. Der hatte eine Schnapsfahne von bestimmt zehn Kilometern gegen den Wind."

„Das würde dann eher wieder dafür sprechen, dass die beiden die Wahrheit sagen. Oder sie haben sich doch erst hinterher besoffen."

„Ja, und dann stellt sich wieder die Frage, wie konnte Kurt Bergedorf dann noch die mindestens drei Kilometer zu sich nach Hause schaffen, ohne im Hafenbecken oder einem Schlot zu landen? Darauf habe ich bis jetzt immer noch keine schlüssige Antwort", brummelte Bert. „Wir gehen jetzt rein zum dritten Akt und befragen die beiden zusammen. Mal sehen, was passiert."

Kapitel 24

Fokke Claasen hatte Jenny Behnke und ihre Freundin Claudia Müller mit dem Auto von einem Workshop der Alexander-von-Humboldt-Schule in Wittmund abgeholt. Die beiden Mädchen wollten nach dem Workshop noch ein wenig in Wittmund shoppen gehen. Anschließend wollte er die beiden Freundinnen nach Hause nach Caro bringen. Demnächst stand eine Klassenfahrt für die beiden Schülerinnen an. Grund genug für die beiden Teenager, sich über die neuste Frühjahrsmode zu informieren. Nicht unbedingt Fokkes Lieblingsbeschäftigung, aber er freute sich über jede Minute, die er mit seiner Jenny gemeinsam verbringen konnte. Dafür hatte er sich heute Nachmittag sogar freigenommen. Viel lieber wäre ihm natürlich gewesen, wenn er mit ihr hätte allein sein können.

So waren die drei durch die Fußgängerzone von einem Geschäft ins andere gezogen und schließlich beim Eisessen im Eiscafé gelandet, obwohl die Saison dafür eigentlich noch gar nicht richtig begonnen hatte. Fokke hatte unterwegs an einem Kiosk den Anzeiger für das Harlingerland mitgenommen. Während die beiden Mädchen sich mit ihren Einkäufen beschäftigten, blätterte er gelangweilt in der Zeitung. Da sprang ihm eine Schlagzeile ins Auge: „Trainermord in Carolinensiel". Er las den Titel laut vor. „Sagt mal, kennt ihr den Ermordeten?", wollte er von den beiden Mädchen wissen, „ihr seid doch aus Caro."

„Nö", antwortete Jenny. „Mit dem Fußballverein haben wir beide nix am Hut. Und wer da Trainer ist? Keine Ahnung."

„Ich hab davon gehört, dass die da am Sonntag 'ne Leiche im Museumshafen gefunden haben", sagte Claudia.

„Ja, das hab ich natürlich auch gehört. Aber es hat mich nicht sonderlich interessiert."

„War ja ein Riesenaufmarsch an Polizeifahrzeugen. Den ganzen Pumphusen hatten die gesperrt. Wer da wohnte, musste fast den ganzen Tag außen rum über Harlesiel fahren. Das war ganz schön doof. Gerade auch mit dem Fahrrad und sogar zu Fuß. Wir wohnen da ja in der Ecke", wusste Claudia zu berichten. „Dich hat das eher nicht betroffen, Jenny. Ihr fahrt ja sowieso meistens über Harlesiel."

„Das schreiben die hier auch, dass da alles stundenlang gesperrt war", informierte Fokke die beiden Freundinnen. „Aber als Trainer der E-Jugend soll der wohl recht gut und beliebt gewesen sein, wie hier steht."

„Da ist sicher was dran", stimmte ihm Claudia zu. „Wie Jenny schon sagte, haben wir beide zwar nix mit Fußball am Hut. Aber der Junge von unserem Nachbarn wurde von dem trainiert. Dem Toten gehörte außerdem auch eine Firma, die bei uns immer die Heizung wartet. Das machen aber Monteure. Ihn habe ich bei uns noch nicht gesehen. Vielleicht war er aber auch schon mal bei uns gewesen und ich hab ihn nur für einen Monteur gehalten ... Jedenfalls hat er dann wohl keine Mütze mit Chef drauf aufgehabt", ergänzte sie noch lachend.

Damit war das Thema für die Mädchen erledigt und sie widmeten sich einem Modeprospekt, den sie in einem der Läden mitgenommen hatten.

„Mensch, Jenny, da steht, dass die Tatzeit am Samstag zwischen dreiundzwanzig Uhr und ein Uhr nachts gewesen ist. Der Tatort soll bei dem Anleger vom historischen Segelkutter GEBRÜDER Carolinensiel beim Nationalpark-Haus gewesen sein."

Jenny blickte erschrocken auf und wurde blass. „Oh mein Gott! Da waren wir doch genau zu der Zeit da auf dem Parkplatz!"

„Ach, da hattet ihr euer Schäferstündchen. Wenn ich das gewusst hätte, dann hätte ich bei euch mal Mäuschen gespielt, das wären für mich ja keine hundert Meter gewesen", warf Claudia grinsend ein. „Also dafür war ich das Alibi. Na, ihr seid mir ja zwei ganz Heimliche ... Aber vielleicht hat der Trainer euch ja sogar beim Liebesspiel gestört und Fokke hat ihm dann ein paar verpasst und ihn ins Wasser geworfen", schob Claudia noch lauthals lachend hinterher.

„Mensch Claudia, du bist vulgär! Mit so was macht man doch keine Witze!", rüffelte Jenny ihre beste Freundin.

„Nein!", wurde sie von Fokke unterstützt. „Über so was macht man wirklich keine Witze. Und was du mir da unterstellst, ist der Hammer! Darüber kann ich nun wirklich nicht lachen."

„Oh, sorry, ich wusste ja nicht, dass ihr zwei so uncoole Mimosen seid. Ich glaube, Jenny, da musst du dir wohl das nächste Mal ein anderes Alibi für deinen Vater besorgen."

„Ach komm, Claudia, nun sei doch nicht gleich beleidigt. So hat Fokke das doch auch nicht gemeint, oder, Fokke?"

„Nein, natürlich nicht." Fokke sah schon sein nächstes Rendezvous mit Jenny am kommenden Wochenende in Gefahr und hätte am liebsten seine Kritik an ihrer Freundin wieder zurückgenommen. „Tut mir leid, Claudia, ich kenne ja deinen Humor."

„Na gut, Jenny, wollen wir noch mal Gnade vor Recht ergehen lassen. Sonst stirbt dein Fokke am Ende auch noch. Nur nicht im Hafen, sondern an Liebeskummer." Und wieder huschte ein verschmitztes Lächeln über ihr Gesicht.

Nun mussten doch alle drei herzhaft lachen, und die Wogen hatten sich wieder geglättet. „Ich übernehm auch gleich die Rechnung", schob Fokke noch versöhnlich nach, bevor er sich weiter dem Artikel widmete.

„Oh, verdammt, Jenny. Die schreiben hier, dass die Polizei zwar einige Spuren verfolgt, aber die Bevölkerung um Mithilfe bittet. Es wird dringend gebeten, Beobachtungen am Tatort und in der Tatzeit dem Kommissariat in Wittmund zu melden. Und wir haben doch was beobachtet."

„Na klar, wir gehen zur Polizei und erzählen denen, wo wir beide zu dieser Zeit gewesen sind. Du weißt ganz genau, was passiert, wenn mein Vater erfährt, dass ich am Samstag nicht bei Claudia, sondern mit dir nachts allein in deinem Auto auf dem Parkplatz am Nationalpark-Haus gewesen bin. Der hält mich doch mit siebzehn immer noch für ein Kleinkind. Am liebsten würde er mich noch in Watte packen."

„Was habt ihr denn beobachtet?" Claudias Neugier war geweckt. „Kommt, lasst es mal raus. Das find ich ja spannend, wie im Krimi. Nur diesmal live in Caro. Man, ihr kommt bestimmt noch ins Fernsehen."

„Hör bloß auf", blockte Jenny ab. „Das fehlte mir gerade noch. Was glaubst du, was ich dann zu Hause für einen Stress bekomme? Und die heimlichen Dates mit Fokke kann ich mir dann künftig von der Backe wischen."

„Ach was. Jetzt sagt doch mal, was habt ihr denn gesehen? Ich erzähl es auch bestimmt nicht weiter."

„Wenn du jetzt glaubst, wir hätten den Krimi, von dem du da sprichst, live verfolgt, dann muss ich dich enttäuschen. Da kam in der fraglichen Zeit nur ein Auto und wurde für vielleicht zehn Minuten vor den Begrenzungspfählen vom Parkplatz im Halteverbot abgestellt. Dann stieg jemand aus und ging in Richtung Anleger. Wir hatten ja nur schwaches Mondlicht. Da konnten wir das nicht so genau sehen. Nach einer Weile kam der wieder, stieg ein und fuhr weg. Das war alles."

„Habt ihr denn das Nummernschild gesehen und euch die Nummer gemerkt?"

„Vorne haben die Autos bekanntlich keine Nummernschild-beleuchtung. Und wie gesagt, das Mondlicht war viel zu schwach, als dass wir da etwas hätten erkennen können", informierte Fokke sie geduldig. Er wusste genau, er musste Claudia für seine Dates mit Jenny bei Laune halten.

„Da brauchen wir kein Nummernschild, ich weiß auch so, wem der Wagen gehört", kam es spontan aus Jenny heraus. Aber am liebsten hätte sie sich sofort auf die Zunge gebissen. Sie hätte doch ihre Freundin kennen müssen. Und prompt kam auch schon die Reaktion.

„Komm, Jenny, dann sag doch mal, wer ist es", drängelte sofort die Neugier von Claudia.

„Du wirst bestimmt mal nach deinem Abi Reporterin bei der Bildzeitung, das sehe ich schon kommen", wiegelte Jenny ab.

„Wer weiß, vielleicht. Aber das war nicht die Antwort auf meine Frage."

„Ich sag jetzt nichts mehr!", gab sich Jenny verschlossen und verdarb ihrer Freundin damit die Stimmung.

„Okay, Spielverderberin! Dann lass uns zahlen und nach Hause fahren. Ich hab noch ein paar Hausaufgaben zu erledigen."

Fokke zahlte und fuhr die beiden Freundinnen nach Hause. Die Stimmung im Auto war dabei doch sehr gedämpft. Beide Mädchen hatten sich in ihren Schmollwinkel zurückgezogen, wenn auch aus ganz unterschiedlichen Gründen. Die eine, weil sie sich gedrängt fühlte, etwas sagen zu sollen, was sie nicht sagen wollte. Und die andere, weil ihre Neugier nicht befriedigt worden war. Aber auch Fokke hatte sich den Abschluss dieses Nachmittages viel romantischer vorgestellt.

Kapitel 25

Nina und Bert hatten gerade wieder im Verhörraum eins am Tisch Platz genommen, da brachte Silke bereits Enno Henke.

„Wir haben von den Abläufen am letzten Samstag, die letztlich auch im Zusammenhang mit dem Tod von Torsten Oltmann stehen könnten, immer noch kein ganz klares Bild", eröffnete Bert dann die Anhörung. „Wir hoffen, dass wir mit Ihnen gemeinsam etwas mehr Licht in das Dunkel bringen können. Denn unbestrittene Tatsache ist, dass Sie beide sich im fraglichen Zeitraum zumindest im Umfeld des mutmaßlichen Tatortes befunden haben. Leider hat Ihr Gedächtnis – alkoholbedingt, wie Sie übereinstimmend ausgesagt haben – Lücken, die vor allem auch den Heimweg von Herrn Bergedorf betreffen. Möglicherweise hat Herr Bergedorf, oder vielleicht sogar Sie beide, Beobachtungen machen können, die zur Aufklärung des Tötungsdeliktes beitragen könnten."

„'Ne ganze Menge vielleicht und könnte, Herr Kommissar", sagte Enno. „Geht es auch konkreter, was Sie …"

„Ich bin aus rechtlichen Gründen an dieser Stelle dazu gezwungen, den Konjunktiv zu verwenden", unterbrach ihn Bert. „Wenn ich ganz konkret werden müsste, dann würden da ganz schnell Beschuldigungen draus und Sie säßen hier nicht mehr als Zeugen. Das wollen wir nicht und Sie ganz sicher auch nicht. Also im gemeinsamen Interesse, überlassen Sie uns die Gesprächsführung und Art der Befragung und beantworten Sie einfach unsere Fragen wahrheitsgemäß. Dabei weise ich Sie nochmals ausdrücklich darauf hin, dass, wenn Sie das Gefühl haben, sich selbst zu belasten, dann …"

„Wissen wir, Herr Kommissar", unterbrach Enno, „… und Anwalt und so. Also, ich hatte es Ihnen ja schon einmal gesagt, wenn ich – und hier kann ich sicher auch für dich sprechen, Kurt – wenn wir helfen können, dann wollen wir das gerne tun, obwohl eigentlich kein Oltmann das verdient hat."

„Okay", griff Bert dieses Angebot auf. „Sie beide scheinen sich ja schon sehr lange zu kennen."

„Seit dem Kindergarten", antwortete Enno, „dann in der Schule zusammengesessen, gemeinsam beim alten Oltmann in die Lehre gegangen, bis … na ja … bis zu meiner Flachmanngeschichte mit Rausschmiss."

„Das war doch nicht dein Flachmann, da musst du schon die Kirche im Dorf lassen", hakte Kurt ein. „Richtig ist sicher, dass es den alten Oltmann wohl nicht die Bohne interessiert hat, wie es in dir aussah, als deine Frau mit dem Kohlenpottler auf und davon ist. Aber über deinen Flachmann hat er trotzdem immer noch ganz bewusst hinweggesehen. Ich habe mal zufällig mitgekriegt, wie er zu seinem Sohn gesagt hat: ‚Solange der Enno seine Arbeit macht …' Aber als du stockvoll mit dem Werkstattwagen rückwärts in die drei nagelneuen Heizungsanlagen reingedonnert bist …"

„Mann, ich bin mit dem Fuß von der Bremse abgerutscht und aufs Gaspedal gekommen …"

„Na klar, weil du hickehacke zu warst."

„Bin doch voll für den Schaden aufgekommen. Hab doch alles bezahlt, was wollte er denn noch? Und das sogar aus der eigenen Tasche. Der Chef hat doch noch nicht einmal die Versicherung einschalten müssen. Aber von dem Gespräch mit seinem Sohn hast du mir damals nix erzählt. Das könnte ja fast darauf hindeuten, dass doch noch ein kleiner Funke Menschlichkeit in ihm war."

„Hab damals einfach nicht daran gedacht, dir das zu erzählen. Und was hätte das schon geändert. Na, und was die Menschlichkeit angeht, so weit würde ich nun auch nicht gerade gehen wollen. Dann hätte er sich in meiner Angelegenheit sicher nicht so geldgierig verhalten. Da ging er, beziehungsweise der Torsten, mit seinen Winkeladvokaten aus Bremen ja buchstäblich über Leichen."

„Dazu kommen wir gleich noch mal", sagte Bert. „Wenn ich das richtig verstanden habe, dann kennen Sie zwei sich schon seit der Kindheit und man kann wahrscheinlich sagen, dass Sie alte Freunde sind."

„Das sehen Sie absolut richtig", übernahm erneut Enno das Wort. Allerdings sehen wir uns seit meinem Rausschmiss beim Oltmann nicht mehr so oft."

„Aber wenn Sie sich dann mal wiedersehen, wird es feuchtfröhlich? Oder wie darf ich das verstehen", wollte Bert es genau wissen.

„Na ja, das mit meiner Ex habe ich längst verkraftet. Außerdem habe ich inzwischen gelernt, meinen Frühruhestand zu genießen. Die Basis haben dafür ja bereits meine Eltern geschaffen. Und auch wenn einem der Job immer Spaß gemacht hat, es gibt auch so für mich immer was zu fummeln und zu basteln. Ich habe mir eine kleine Werkstatt eingerichtet und tüftele so an der einen oder anderen technischen Verbesserung herum. Hab auch schon mal was eingereicht. Hätte ich schon viel früher machen sollen. Aber der Kurt war leider von seinen Eltern her nicht so gut versorgt. Der muss immer noch hart für sein Auskommen und seine Rente arbeiten. Jedenfalls, wenn wir uns dann mal wieder treffen, dann kann es schon feuchtfröhlich werden. Das ist dann aber nicht jedes Mal wie am Samstag ein totales Frustsaufen. Am Samstag hatten wir uns regelrecht in Rage geredet und getrunken. Was musste der Jan auch beim Essen schon wieder mit dieser blöden Grundstücksgeschichte anfangen?"

„Mich würde mal interessieren, Herr Bergedorf, wie lange sind Sie denn noch bei der Firma Oltmann als Geselle geblieben? Heute sind Sie ja nicht mehr da. Wann und warum sind Sie denn da weg? Hatten Sie vielleicht – abgesehen von der Grundstücksgeschichte – auch sonst mal Auseinandersetzungen mit Torsten Oltmann?"

„Wahrscheinlich rede ich mich jetzt schon wieder um Kopf und Kragen, aber Sie wollen ja die Wahrheit wissen. Stellen Sie sich mal die Situation in einem kleinen Handwerksbetrieb vor. Da gibt es am Anfang den Meister als Chef und zwei Altgesellen."

„Sie sprechen jetzt von sich und Herrn Henke?", fragte Nina nach.

„Ja, genau. Dann kommen Lehrlinge, wie man früher sagte, und bleiben dann auch als Gesellen im Betrieb. Die Firma wächst. Dann kommt der Sohn vom Chef. Macht seine Lehre, wobei Enno und ich überwiegend die Ausbilder waren. Dann geht der Junge noch für eine Zeit woandershin, um ein wenig Wind um die Nase zu bekommen. Kommt zurück, macht seinen Meister und gibt auf einmal die Anweisungen. Dass das schon mal zu Reibereien führt, können Sie sich doch denken."

„Aber nix Weltbewegendes", ergänzte Enno, „nicht, dass Sie da jetzt falsche Schlüsse ziehen."

„Okay", sagte Nina, „und wie war das mit der Kündigung?"

„In der ersten Instanz hatte mein Onkel in dem Grundstücksstreit gewonnen. Als die Anwälte von Torsten dann in die Revision gingen, hatte ich endgültig den Kaffee auf und habe gekündigt. Ich konnte es nicht mehr ertragen, täglich ausgerechnet von dem Menschen Anweisungen entgegenzunehmen, der meinen Onkel mit juristischen Tricks um sein Erbe bringen wollte."

„Kannte Torsten Oltmann den wahren Grund für Ihre Kündigung?", hakte Nina nach.

„Nein, der wusste zwar, dass Jan Grube mein Onkel ist, aber nicht, dass ich das Grundstück als Schenkung von ihm erhalten sollte. Das fand auch in den Gerichtsverhandlungen keine Erwähnung. Warum auch, das betraf ja ausschließlich eine testamentarische Verfügung zwischen meiner Tante und ihrem Mann. Und ich bin mit den ungelegten Eiern auch nicht hausieren gegangen."

„Mensch, Kurt, das mit der Schenkung höre ich ja jetzt auch zum ersten Mal. Das hätte ich dem Jan bei seinem Geiz gar nicht zugetraut."

„Das war nur meiner Tante zu verdanken. Die war ja schwer krebskrank, genau wie ihre Mutter seinerzeit, wie du weißt, und hatte Angst, dass der Jan noch mal eine andere Frau nimmt und dass dann auch das Vermögen ihres Vaters unter

Umständen in fremde Hände geraten könnte. Und da sie auch davon ausging, dass ihr Mann ihren Vater überleben würde, hatten die beiden notariell festgelegt, dass ich das Haus und Grundstück im Erbfall vorab als Schenkung erhalten sollte. In diesem Zusammenhang hielt der Anwalt von Onkel Jan es für besser, dass dies bei den Gerichtsverhandlungen über das Erbe seines Schwiegervaters nicht zur Sprache gebracht würde."

„Wir haben von Ihnen beiden jetzt schon eine ganze Menge über negative Charaktereigenschaften der beiden Oltmanns gehört", hakte Nina hier ein. „Allerdings wurde uns von verschiedenen anderen Seiten gerade Torsten Oltmann als allgemein sehr beliebt geschildert. Wie geht das zusammen?"

„Also, der Kurt und ich sind da, speziell dem Torsten gegenüber, vielleicht auch nicht so ganz objektiv", übernahm Enno wieder das Wort. „Dass es schon mal zu Spannungen kommt, wenn der ehemalige Lehrling plötzlich zum Chef wird, darüber hatten wir grade schon gesprochen. Das ist mal das eine. Aber wenn dann jemand mit juristischen Tricks um sein Erbe gebracht wird, dann ist das ja wohl auch irgendwo ein Charaktermerkmal von dem, der sich das Erbe einverleibt, oder sehe ich das falsch?"

„Grundsätzlich sicher nicht von der Hand zu weisen", sagte Bert. „Aber könnte es sein, dass Jan Grube selbst gar nicht auf dieses Erbe angewiesen war und auch so ein gutes Auskommen hat?"

„Dem soll es an nichts fehlen, wie man sich erzählt", ging Enno grinsend darauf ein, „und der soll auch nichts auslassen, wenn es ums Geld geht."

„Genau", fuhr Bert fort. „Könnte es vielleicht auch sein, dass nicht nur Sie die Situation von Herrn Grube so einschätzen?"

„Ich glaube, das sehen wohl fast alle so, gerade auch in unserem VfB", bestätigte Kurt.

„Das habe ich mir schon gedacht", stimmte Bert ihm zu. „Wir haben nämlich einen glaubhaften Hinweis vorliegen, dass der Vater von Torsten Oltmann sich in etwa so geäußert haben soll, dass er gar nicht einsehen würde, dass der Geizhals Jan Grube das Grundstück erhält. Zumal der doch keine Kinder habe und am Ende alles an den Staat fällt. Ich will das jetzt in keiner Weise bewerten, sondern nur mal so in den Raum stellen."

„Könnte es dann vielleicht sogar so sein, dass Torsten Oltmann auf juristische Schritte – zumindest in der zweiten Instanz – verzichtet hätte, wenn ihm bewusst gewesen wäre, dass nicht Ihr Onkel, Herr Bergedorf, sondern Sie der Nutznießer gewesen wären?", stellte Nina eine völlig neue Überlegung in den Raum.

„Oh mein Gott", entfuhr es Kurt. „Wenn ich ganz ehrlich bin, dann würde ich das absolut nicht ausschließen. Meine Frau und ich haben uns immer wieder gesagt, dass das eigentlich gar nicht zu dem Torsten passt. Der konnte schon hartnäckig seine Meinung vertreten und der wusste sich auch im Verein zu behaupten und durchzusetzen. Aber eigentlich war er kein Böser."

„Sehen Sie, das würde auch den Widerspruch erklären, von dem ich vorhin gesprochen habe."

„Hilft uns aber nicht wirklich weiter in Bezug auf die Gedächtnislücke von Ihnen beiden. Was war zwischen dreiundzwanzig Uhr und ein Uhr? Und wie sind Sie, Herr Bergedorf, nach Hause gekommen?", wurde Bert nun doch langsam ungeduldig. „Versuchen wir es mal anders", hatte Nina eine Idee. „Sie hatten erzählt, dass Sie sich immer noch gelegentlich zu feuchtfröhlichen Zusammenkünften treffen, die dann nicht immer mit totalem Frustsaufen, wie Sie es ausgedrückt haben, enden. Aber wie lief das ab, wenn Sie eindeutig zu tief ins Glas geschaut hatten?"

„Dann hab ich beim Enno im Gästezimmer gepennt", antwortete Kurt.

„Und warum am Samstag nicht?", wollte Nina wissen.

„Das ist es eben. Keine Ahnung."

„Geht mir genauso", bestätigte Enno.

„Was machen Sie denn, wenn Ihr Alkoholkonsum, sagen wir, etwas moderater ausfällt?", fragte Nina hartnäckig nach.

„Kommt drauf an, wie viel ich getrunken habe", antwortete Kurt. „Wenn ich noch einigermaßen auf den Füßen war, dann bin die drei Kilometer gelaufen. Schließlich bin ich ja kein Weichei."

„Und wenn nicht?"

„Dann haben wir ein Taxi bestellt", mischte Enno sich ein. „Hier habe ich sogar eine Karte immer für den Notfall einstecken, falls ich mal irgendwo versacke." Er gab Nina das Kärtchen.

„Bin gleich wieder da", sagte Nina und verließ den Raum. Nach kurzer Zeit war sie zurück. „Alles geklärt", sagte sie mit einem süffisanten Schmunzeln. „Am Samstagabend ist der Chef selbst gefahren … Und natürlich kennt er Kurt Bergedorf …"

„Jetzt mach es nicht so spannend", wurde Bert ungeduldig und auch den beiden Männern war die Spannung anzusehen.

„Also, auch wenn der Besteller des Taxis schon eine sehr schwere Zunge gehabt haben soll, hätte der Taxiunternehmer gewusst, wo er hinkommen musste. Dann habe er schon seine Probleme gehabt, Kurt überhaupt in das Taxi zu verfrachten. Auch hätte er schon befürchtet, dass sein Taxi nach der Fahrt eine Grundreinigung benötigen würde. Es sei aber alles gut gegangen und er habe seinen Gast noch bis ins Haus gebracht, mehr geschoben und fast getragen. Das sei so gegen halb drei gewesen."

„Na, damit hat sich das für Sie, meine Herren, ja wohl geklärt", stellte Bert fest. „Vielen Dank, dass Sie unserer Einladung gefolgt sind. Wir wünschen Ihnen einen angenehmen Heimweg."

„Für uns waren auch aufschlussreiche Erkenntnisse dabei, Herr Kommissar. Die sollten wir bei mir zu Hause begießen, Kurt. Ich hab nämlich schon wieder eingekauft, wenn du weißt, was ich damit sagen will."

„Gute Idee. Habe morgen frei. Muss nur Hilde informieren. Da werde ich mir bestimmt wieder was anhören können. Aber wat mut, dat mut. Und ich glaube auch, dass wir noch so einiges zu beschnacken haben."

Nachdem Kurt und Enno das Kommissariat verlassen hatten, setzten sich Nina und Bert in seinem Büro mit einem Pott Kaffee zusammen.

„Mensch, Nina, jetzt sind wir wieder ganz am Anfang."

„Da können wir nur darauf hoffen, dass uns noch der berühmte Kommissar Zufall zur Hilfe kommt", fügte Nina resignierend hinzu.

„Es ist zwar noch keine achtzehn Uhr, aber vielleicht sollten wir das Team zusammentrommeln und den Tagungsort in italienisches Ambiente verlegen", schlug Bert vor. „Vielleicht kommen uns da noch ein paar Eingebungen."

Auch wenn an diesem Abend mehr Chianti als die erhoffte Eingebung floss, sollte der nächste Tag ein paar Überraschungen für das Team bereithalten.

Kapitel 26

Der nächste Morgen begann erst einmal ostfriesisch herb mit regnerischen Sturmböen. Bert hatte es daher vorgezogen, statt mit dem Fahrrad heute mit dem Auto zum Dienst zu fahren. Und Nina hatte sein Angebot, sie abzuholen, dankbar angenommen.

Als die beiden das Kommissariat betraten, kam ihnen Silke mit einer gewichtigen Miene entgegen und es sprudelte auch gleich aus ihr heraus: „Unsere Bereitschaft hat gestern Abend noch einen Anruf von einem Fokke Claasen entgegengenommen. Der hat am Samstagabend in Caro beim Nationalpark-Haus eine Beobachtung gemacht. Wir haben seine Telefonnummer und er hätte heute Spätschicht. Daher könnte er heute Vormittag herkommen, er wohnt nämlich hier in Wittmund."

„Dann nichts wie her mit ihm", sagte Bert.

„Silke, war das vielleicht ein Gruß von Kommissar Zufall?", fragte Nina lachend.

„Was für ein Kommissar?", fragte Silke, um aber im gleichen Moment lauthals auszurufen: „Oh mein Gott, wie blöd, habe verstanden. Ja, wer weiß. Wäre ja schön." Dann ging sie in ihr Dienstzimmer, um zu telefonieren.

Es dauerte keine halbe Stunde, da kam sie bereits mit einem jungen Mann in das Dienstzimmer von Bert. „Das ist Fokke Claasen, der sich gestern Abend telefonisch bei uns gemeldet hat. Soll ich den Verhörraum vorbereiten?"

„Ne, lass mal. Wir machen das hier. Wenn du bitte Nina zu mir schicken würdest", gab Bert Anweisung. Dann begrüßte er den jungen Mann und bat ihn Platz zu nehmen. „Können wir Ihnen etwas zu trinken anbieten?", fragte er ihn dann.

„Nein, danke, ich habe erst Kaffee getrunken."

In diesem Moment kam Nina dazu. Nachdem sie sich vorgestellt und Fokke begrüßt hatte, machte Bert die übliche Einweisung für Zeugen, schaltete das Bandgerät ein und begann das Gespräch: „Herr Claasen, Sie haben im Zusammenhang mit dem Toten im Hafen von Carolinensiel in der Nacht von Samstag auf Sonntag eine Beobachtung gemacht, wie uns die Kollegin Jansen gesagt hat."

„Das ist richtig. Meine Freundin und ich hatten mit meinem Auto auf dem Parkplatz neben dem Nationalpark-Haus gestanden."

Bert fiel in diesem Moment ein, dass auch Wibke Oltmann etwas von einem Wagen auf dem Parkplatz gesagt hatte.

„Es muss wohl so gegen Mitternacht gewesen sein. Die genaue Uhrzeit kann ich allerdings nicht mehr sagen. Da kam plötzlich ein weißer Sportwagen aus Richtung Kirche um die Ecke und stellte sich unmittelbar neben die Begrenzungsstangen noch vor unserem Parkplatz auf der Straße in das Halteverbot. Das fanden wir beide merkwürdig, weil ja auf dem Museumsparkplatz alles frei war. Ein Mann stieg aus und verschwand sofort in Richtung Museumshafen."

„Konnten Sie denn das Nummernschild von dem Wagen erkennen?", wollte Nina wissen.

„Nein, das Nummernschild vorne ist ja nicht beleuchtet und dazu war es dann, trotz des Mondscheins, doch zu dunkel. Aber das war auch egal, weil meine Freundin das Auto und den Mann kennt."

„Wie heißt denn Ihre Freundin? Und wo und wie können wir sie erreichen?", hakte der Kommissar sofort ein.

„Sehen Sie, das ist ja gerade das Problem. Meine Freundin ist noch nicht volljährig und ihre Eltern denken, dass sie bei einer Freundin war. Wenn jetzt rauskommt, dass sie stattdessen mit mir im Auto auf einem dunklen Parkplatz gewesen ist, dann bekommt sie eine ganze Menge Ärger mit ihren Eltern."

„Herr Claasen, es ist ja gut, dass Sie sich überhaupt gemeldet haben", ging Nina auf die Besorgnis des jungen Mannes ein. „Aber wir müssen hier einen gewaltsamen Tod aufklären, da werden sicher auch die Eltern Ihrer Freundin Verständnis aufbringen und ihrer Tochter nicht gleich den Kopf abreißen."

„Den Kopf abreißen wohl nicht, aber für unsere Beziehung wäre das sicher das Aus. Da ist ihr Vater ganz konservativ eingestellt, zumal meine Freundin gerade erst siebzehn ist. Natürlich verstehen wir, wie wichtig die Information für Sie sein kann. Aber wir lieben uns wirklich und haben einfach Angst, von ihrem Vater auseinandergebracht zu werden. Wenn der erfährt, dass wir um diese Uhrzeit auf dem Parkplatz am Nationalpark-Haus allein in meinem Auto gewesen sind, wird der sonst was denken und sich auch nicht davon abbringen lassen. Obwohl da wirklich nichts passiert ist, wenn Sie verstehen, was ich meine. Und gegen zärtliche Küsse ist doch sicher nichts einzuwenden."

„Wir können Sie durchaus verstehen", beruhigte Nina ihn. „Das wäre sicher für Sie eine heikle Situation, wenn wir Ihre Freundin hierher zu einer Anhörung bitten würden. Zumal wir das aufgrund ihres Alters auch noch unter Einbeziehung der Eltern machen müssten. Aber wie kommen wir an den Namen und die Adresse von dem Mann, den Sie beobachtet haben?"

„Ganz einfach. Ich habe die gewünschten Informationen für Sie. Der Mann kam übrigens nach ungefähr zehn Minuten zu seinem Auto zurück, stieg ein und fuhr in Richtung Kurzentrum davon. So wie meine Freundin mir sagte, hat er einen restaurierten Resthof am Deich, nicht allzu weit vom Kurzentrum entfernt. Er ist wohl ein ehemaliger Unternehmer aus dem Rheinland und heißt Theo Grafwalder."

„Warten Sie mal einen kleinen Moment, Herr Claasen. Ich muss gerade mal etwas mit meinem Kollegen besprechen. Könnten Sie vielleicht einen Moment draußen auf dem Gang warten?", fragte Nina und wartete, bis der junge Mann das Dienstzimmer verlassen und die Tür hinter sich geschlossen hatte.

„Theo Grafwalder, Mensch, Bert, da klingelt was bei mir. Da kam vor einiger Zeit eine Anfrage unserer Kollegen aus Frechen bei Köln herein. Da ging es um ein Filmstudio, wo Pornofilme gedreht werden. Und diese Nachforschungen standen im Zusammenhang mit illegalen Einwanderungen von

Mädchen aus dem Osten. Theo Grafwalder soll einer der Geldgeber für dieses Studio sein. Allerdings konnte man ihm selbst bislang nichts Kriminelles nachweisen."

„Weißt du was, Nina? Erstens, du bist spitze …"

„Danke, immer gern genommen. Und zweitens?"

„Zweitens … vielleicht brauchen wir die Zeugenaussage der minderjährigen Freundin gar nicht. Wir rücken Theo Grafwalder einfach mal auf die Pelle. Vielleicht kann ihn dann ja bereits Fokke Claasen später identifizieren. Ich glaube, jetzt können wir ihn aber erst einmal wieder nach Hause schicken."

Nina rief Fokke wieder rein. „Also, Herr Claasen, wir nehmen Ihre Information jetzt erst einmal so auf. Wir haben dazu noch ein paar Recherchen durchzuführen. Vielleicht können wir dann sogar auf die Aussage Ihrer Freundin verzichten. Wir waren ja auch mal jung und wissen, wie schön Jugendliebe sein kann."

Fokke war die Erleichterung anzusehen. Einen Moment hatte Bert das Gefühl, dass er Nina um den Hals fallen wollte.

Nachdem Fokke gegangen war, entstand im Kommissariat hektische Betriebsamkeit.

Kapitel 27

Das kam auch nicht alle Tage vor, dass Einsatzfahrzeuge der Polizei mit Blaulicht und hoher Geschwindigkeit am Deich entlangbretterten. Die Sirenen hatte man schon vor Harlesiel abgeschaltet. Auf dem Hof stand mit offener Seitentür ein weißer Sportwagen. Auf dem Rücksitz lagen einige Gepäckstücke. Kommissar Linnig stand vor der leicht angelehnten Tür und klingelte. Ein melodischer Gong tönte durch das Haus.

„Komm rein, Katja, es ist offen", tönte eine sonore Stimme aus dem Haus.

„Es ist nicht Katja, wir sind es, Herr Grafwalder, die Kripo aus Wittmund. Kommissar Bert Linnig und meine Kollegin Nina Jürgens."

Theo Grafwalder stellte einen Koffer zu Boden, den er offensichtlich gerade zu seinem Wagen bringen wollte.

„Sie wollen verreisen?", fragte der Kommissar.

„Ja, ich warte nur noch auf jemanden", war die verdutzte Antwort von Theo Grafwalder. „Um was geht es denn? Und was will die Polizei von mir?"

„Wir haben ein paar Fragen an Sie im Zusammenhang mit dem gewaltsamen Tod von Torsten Oltmann in der Nacht zum letzten Sonntag beim Museumshafen in Carolinensiel", antwortete Bert und belehrte Theo Grafwalder über seine Rechte.

„Danke, Herr Kommissar, ich kenne den Spruch." Theo Grafwalder schien seine Selbstsicherheit wiedergefunden zu haben. „Nehmen Sie Platz, und das gilt natürlich auch für Ihre Kollegin. Ich hatte ohnehin schon überlegt, mich zu stellen, bevor mir hier ein Mord angehängt wird. Es war nämlich ein Unfall, das müssen Sie mir glauben."

„Ich lass mich überraschen", erwiderte der Kommissar.

„Also, ich bin am späten Samstagabend aus Frechen zurückgekommen. Und da Katja Schmitz und ich, sobald sie ihre Scheidung durchhat, heiraten wollen und ich von ihr wusste, dass ihr Mann in Italien unterwegs ist, wollte ich die Nacht bei ihr verbringen. Allerdings hörte ich dann schon auf der Straße den Bolero aus dem gekippten Fenster und konnte mir den Rest denken. Da hab ich dann im Auto unten gewartet und war gespannt, wer da nachher rauskommen würde. Und dann kam der Fußballtrainer der E-Jugend schließlich aus dem Haus raus und ging in Richtung Kirche und Museumshafen. Dass ich noch auf der Kirchstraße an ihm vorbeigefahren bin, hat er wohl überhaupt nicht bemerkt. Aber ich wusste ja, wo der hinwollte … Ich wusste ungefähr, wo er wohnte."

Von draußen war ein Auto zu hören und kurz darauf kam Polizeiobermeister Guben mit Katja Schmitz herein.

„Bernd, vielleicht kannst du mit Frau Schmitz in einem anderen Raum warten. Und nimm noch bitte die Silke mit dazu", wies der Kommissar den Kollegen an.

„Und was haben Sie dann gemacht?", wandte sich Bert wieder dem Verdächtigen zu.

„Ich hab meinen Wagen beim Nationalpark-Haus abgestellt und dann unten am Museumshafen hinter einer Hecke auf den Fußballtrainer gewartet. Ich wollte ihm eigentlich nur sagen, dass er die Katja in Ruhe lassen soll."

„Aber Sie müssen doch ganz schön sauer gewesen sein", wollte Nina wissen.

„Ach, ich wollte eigentlich nur ein sachliches Gespräch von Mann zu Mann."

„Ist Torsten Oltmann denn dazu bereit gewesen?", hakte Bert nach.

„Na ja, als er dann kam, lief alles etwas anders. Als ich mich ihm in den Weg stellte, machte er Anstalten, auf mich loszugehen."

„Für ein sachliches Gespräch war das sicher auch nicht gerade die ideale Vorgehensweise", stellte Nina fest.

„Weiß ich nicht. Jedenfalls sagte ich ihm sofort, dass ich eigentlich nichts von ihm persönlich wollte. Er sollte künftig nur die Finger von der Katja lassen."

„Und wie hat er darauf reagiert?", fragte Bert.

„Er hat mich gefragt, was mich die Katja anginge. Und dann gab ein Wort das andere und schließlich ging er doch noch auf mich los. Ich versuchte rückwärts auszuweichen, noch bevor er auf mich einprügeln konnte. Dabei bin ich dann über einen Stein gestolpert und rücklings hingeschlagen. Beim Aufstehen habe ich dann den Ziegelstein aufgehoben. Und da dieser Torsten Oltmann mir jetzt wirklich bedrohlich nahe kam, habe ich damit auch zugeschlagen."

„Wohin haben Sie mit dem Stein geschlagen?", bohrte Nina nach.

„Ich fühlte mich echt bedroht. Sozusagen in Notwehr. Deshalb habe ich mit dem Stein in Richtung auf seinen Kopf geschlagen."

„Sind Sie Links- oder Rechtshänder?", wollte Nina es genau wissen.

„Ich bin Linkshänder. Ich habe ihn wohl an der rechten Kopfhälfte getroffen. Jedenfalls fiel er rückwärts gegen einen Pfosten. Dann lag er auf dem Boden und rührte sich nicht mehr. Er hatte auch keinen Puls mehr, soweit ich das feststellen konnte."

„Und warum haben Sie dann keinen Notarzt alarmiert?", fragte Bert. „Sie hatten doch sicher ein Handy dabei. Und wenn Sie wirklich von einem Unglück ausgegangen sind, wäre das doch Ihre Pflicht gewesen!"

„Ich war in Panik. Und als ich dann hinten beim Hafenende Fahrradlichter kommen sah, habe ich ihn in aller Eile die Stufen von dem kleinen Anleger runtergezerrt und in das Hafenbecken gestoßen. Aber Sie müssen mir glauben, ich hatte nicht vorgehabt, ihn umzubringen. Und mit dem Stein hatte ich mich wirklich nur verteidigen wollen, denn der Typ hatte auf mich in diesem Moment einen sehr aggressiven Eindruck gemacht."

„Sie wirken auf mich nicht gerade unsportlich und untrainiert", sagte Nina. „Ich gehe also davon aus, dass Sie sich durchaus auch anders hätten zur Wehr setzen können. Es spricht absolut nichts dafür, dass Torsten Oltmann tatsächlich vorgehabt hat, Ihr Leben zu bedrohen. Er hätte zudem objektiv betrachtet ja gar keinen Grund dazu gehabt. Stellt sich also für mich die Frage nach der Verhältnismäßigkeit der Mittel bei Ihrem Schlag mit dem Stein. Da scheint mir doch einiges dafür zu sprechen, dass Sie Ihre Wut nicht mehr unter Kontrolle hatten und den Tod Ihres Kontrahenten zumindest billigend in Kauf genommen haben."

„Ich glaube, dass ich an dieser Stelle nichts mehr ohne meinen Anwalt sage."

„Okay, Herr Grafwalder, Ihr gutes Recht. Bitte begleiten Sie gleich unsere Kollegin Jansen und unseren Kollegen Guben zu unserer Dienststelle nach Wittmund. Bis zur Überprüfung Ihrer Aussagen müssen wir Sie in Gewahrsam nehmen. Alles Weitere entscheiden dann die Staatsanwaltschaft und der Haftrichter. Und die Frage, ob es tatsächlich, wie von Ihnen behauptet, ein Unfall oder Notwehr war, wird ein Gericht zu klären haben."

Kommissar Bert Linnig gab dann die Anweisung, dass sich Katja Schmitz gleich im Anschluss auch noch in Wittmund beim Kommissariat zur Verfügung halten sollte, bevor er mit Nina in sein Auto stieg.

„Ach, übrigens, hatte ich da was von einer Einladung zum Mittagessen gehört oder war da nur der Wunsch von mir der Vater des Gedankens?"

„Wir sind ja hier direkt an der Küste und da gibt es doch die leckersten Fischspezialitäten. Da vorne lacht uns doch schon das Schild von einer der größten Fischräuchereien aus dem Umkreis an. Sie sind herzlich eingeladen, Frau Kriminalkommissarin."

Ostfrieslandkrimi Empfehlungen
des Klarant Verlages

In der Reihe „Bert Linnig und Nina Jürgens ermitteln" von Rolf Uliszka sind weitere Ostfrieslandkrimis als Taschenbuch und eBook erschienen!

Für Serien-Fans genau richtig:

Bert Linnig leitet die Mordkommission der Kripo Wittmund im Nordosten Ostfrieslands. Er und seine Kollegin Nina Jürgens sind nicht immer einer Meinung, wenn es um die Vorgehensweise bei einer Mordermittlung geht. Ihre „Nicht-Beziehung" nach einer gemeinsam verbrachten Nacht macht die Zusammenarbeit auch nicht leichter. Doch sind sie professionell genug, um die atmosphärischen Störungen auszublenden und gemeinsam erfolgreich Mordfälle zu lösen.

Beharrlich und einfühlsam ermitteln die beiden erfahrenen Kommissare, denn die besondere Herausforderung ist oftmals die ostfriesische Mentalität...